LA CASA
DE LA PRADERA III

EN LAS ORILLAS DEL
LAGO DE PLATA

D1533096

LAURA INGALLS WILDER nació en 1867, en una cabaña de troncos, junto a los bosques de Wisconsin (USA). Viajó con su familia a través de Kansas, Minnesota y el territorio de Dakota, como tantas otras gentes colonizadoras. Se casó con Almanzo Wilder y se trasladaron a Missouri, donde vivió hasta el año 1894. Empezó a escribir sus recuerdos en torno a 1930, y desde su publicación, en 1935, consiguió el favor del público.

GARTH WILLIAMS. "Mi madre dijo que yo nací el 15 de abril de 1912. La noticia del hundimiento del *Titanic* llegó al mismo tiempo que yo y fue tan sensacional que no se acordaron de inscribirme en el Registro hasta el 16 de abril."
Así precisa Garth Williams la fecha de su nacimiento en Caldwell, Nueva Jersey. Hijo de artistas, vivió en Francia, Canadá y Gran Bretaña. Estudió pintura, decoración teatral y publicidad, ganó un premio de escultura en Londres y en 1943 inició su carrera como ilustrador de libros infantiles.
Ha ilustrado "Las telarañas de Carlota", de la colección Mundo Mágico, y toda la serie de "La casa de la pradera".

Laura Ingalls Wilder

EN LAS ORILLAS
DEL LAGO DE PLATA

Dibujos de Garth Williams

EDITORIAL NOGUER, S.A.
BARCELONA - MADRID

Título original:
"By the shores of Silver Lake"

© Text copyright 1939 by Laura Ingalls Wilder
© Copyright renewed 1967 by Roger L. MacBride
© Pictures copyright 1953 by Garth Williams
© Editorial Noguer, S.A., 1994
Santa Amelia 22, Barcelona
Published by arrangement with Harper & Row, Publishers, Inc.,
New York, N. Y., U.S.A.
Reservados todos los derechos
ISBN: 84-279-3227-8

Traducción: Josefina Guerrero

Primera edición: Abril 1994

Impreso en España - Printed in Spain
Gráficas Rogar, S. A. Fuenlabrada. Madrid
Depósito legal: M. 11.236-1994

Capítulo Uno

VISITA INESPERADA

Una mañana Laura lavaba los platos cuando el viejo Jack, que estaba tendido en la puerta tomando el sol, gruñó anunciando que alguien se acercaba. La niña acudió a ver de quién se trataba y divisó una calesa que cruzaba el pedregoso vado del río Plum.

—¡Mamá! —dijo—. ¡Viene una desconocida!

Mamá suspiró. Ella y Laura se sentían avergonzadas del desorden que reinaba en la casa. Pero Mamá estaba muy débil y Laura muy cansada, y ambas demasiado tristes para preocuparse por ello.

Mary, Carrie, la pequeña Grace y Mamá habían tenido la escarlatina al igual que los Nelson que vivían al otro lado del río, por lo que nadie había podido ayudar a Papá y a Laura. El doctor había estado visitándoles cada día y Papá no sabía cómo podría pagarle sus honorarios. Pero lo peor de todo era que la fiebre había atacado a los ojos de Mary y se había quedado ciega.

Ahora que ya podía levantarse, se sentaba en la vieja mecedora de roble de Mamá cubriéndose con una colcha. Durante todo aquel tiempo, semana tras semana, cuando aún podía ver un poco —aunque cada día menos—, no había vertido una sola lágrima; en aquellos momentos en que ya no percibía el menor destello de luz, seguía mostrándose paciente y valerosa.

Su preciosa cabellera rubia había desaparecido —Papá le rasuró la cabeza por causa de la fiebre— y con su cabecita pelada parecía un muchacho. Sus azules ojos seguían siendo hermosos, pero no distinguían lo que tenían delante y nunca podría volver a expresarse por ellos para transmitir sus pensamientos a Laura sin palabras.

—¿Quién puede ser a estas horas de la mañana? —preguntó Mamá, volviendo la cabeza en dirección al vehículo.

—Es una mujer que viaja sola en la calesa. Lleva un sombrero marrón y su caballo es bayo —repuso Laura.

Papá le había dicho que ella debía ser los ojos de Mary.

—¿Se te ocurre algo para comer? —preguntó Mamá.

Se refería a una comida con invitados, por si la mujer se quedaba hasta mediodía.

Había pan, melaza y patatas: eso era todo. Era primavera, demasiado temprano para las verduras del huerto, la vaca estaba seca y las gallinas aún no habían comenzado la puesta veraniega. Los pocos peces que quedaban en el río Plum eran pequeños. Incluso los conejos de rabo blanco habían sido casi esquilmados por los cazadores.

A Papá no le agradaba un lugar tan empobrecido en el que escaseaba la caza y deseaba partir hacia el Oeste. Durante dos años había deseado ir al Oeste y conseguir una hacienda, pero Mamá no quería abandonar aquella región ya colonizada. Y no tenían dinero. Papá sólo había obtenido dos cosechas mezquinas desde la plaga de langostas y apenas había podido librarse de las deudas. Y ahora, además, estaba la factura del doctor.

—Lo que es bueno para nosotros, es bueno para todos —repuso Laura resueltamente.

La calesa se detuvo y la desconocida que viajaba en ella se quedó mirando a Laura y a Mamá que permanecían en la puerta. Estaba muy linda con su sombrero que la protegía del sol y su vestido estampado marrón. Laura se avergonzó de ir descalza, despeinada y sucia.

—¡Pero si es Docia! —exclamó Mamá.

—Creí que no me reconocerías —repuso la mujer—. Ha llovido mucho desde que os fuisteis de Wisconsin.

Era la bonita tía Docia que hacía ya tanto tiempo, en la danza del azúcar celebrada en casa del Abuelo, en los Grandes Bosques de Wisconsin, llevaba el vestido con botones parecidos a moras.

Ahora estaba casada: se había unido a un viudo con dos hijos. El marido era contratista y trabajaba en el nuevo ferrocarril del Oeste. Tía Docia viajaba sola en la calesa desde Wisconsin a los campamentos ferroviarios del Territorio de Dakota.

Había venido para ver si Papá quería irse con ella. Su marido, tío Hi, necesitaba un hombre de confianza como contable, vigilante del almacén y pagador.

—Te pagará cincuenta dólares mensuales, Charles —anunció.

Las mejillas de Papá se tensaron y se iluminaron sus ojos azules.

—Parece que podré conseguir un buen salario mientras busco la hacienda, Caroline —dijo lentamente.

Mamá seguía sin querer ir al Oeste. Paseó en torno su mirada por la cocina y fijó sus ojos en Carrie y Laura que tenía a Grace en brazos.

—No sé, Charles —repuso—. Parece providencial conseguir cincuenta dólares al mes. Pero aquí ya estamos instalados y tenemos la granja.

—Atiende a razones, Caroline —rogó Papá—. En el Oeste podemos conseguir ciento sesenta acres de tierra con los que vivir y aquella tierra es tan buena o mejor que ésta. Si el Tío Sam está dispuesto a facilitarme una hacienda a cambio de la que abandonamos en el Territorio Indio, creo que debemos aprovechar la ocasión. La caza allí es buena y un hombre puede conseguir toda la carne que desee.

Laura deseaba tanto irse que le costaba mucho mantenerse en silencio.

—¿Cómo irnos ahora? —objetó Mamá—. Mary aún no está bastante fuerte para viajar.

—Eso es cierto —repuso Papá—. Es verdad.

Y dirigiéndose a tía Docia le preguntó:

—¿No podría aguardar ese trabajo?

—No —respondió tía Docia—. No, Charles. Hi necesita a ese hombre ahora mismo: has de aceptarlo o dejarlo.

—Son cincuenta dólares mensuales, Caroline —insistió Papá—. Y la hacienda.

Pareció que transcurría mucho tiempo hasta que Mamá repuso con lentitud:

—Bien, Charles, haz lo que creas más conveniente.

—¡Acepto, Docia! —exclamó Papá poniéndose en pie y dando un manotazo a su sombrero—. Querer es poder. Iré a ver a Nelson.

Laura estaba tan excitada que apenas podía realizar debidamente sus tareas domésticas. Tía Docia las ayudó y, mientras trabajaban, les fue dando noticias de Wisconsin.

Su hermana, tía Ruby, se había casado y tenía dos hijos y una preciosa pequeña llamada Dolly Varden; tío George era maderero y talaba árboles en el Mississipi; la familia de tío Henry estaba perfectamente y Charley había resultado mejor de lo que se esperaba, teniendo en cuenta cómo lo había mimado y malcriado tío Henry. En cuanto a los abuelos, seguían viviendo en la vieja y gran cabaña de troncos. Aunque ya podían trasladarse a una casa de madera, la abuela decía que aquellos muros formados por leños de roble eran mejores que los finos tablones aserrados.

Incluso Negra Susan, la gatita que Laura y Mary habían dejado cuando partieron de su pequeña cabaña en el bosque, seguía viviendo allí. La casita había cambiado de dueño varias veces y ahora era un granero, pero no había modo de convencer a la gata para que se fuese a vivir a otra parte. Se obstinaba en permanecer en el granero, rolliza y reluciente gracias a los ratones que cazaba, y casi todas las familias de la zona tenían alguna de sus crías, tan buenas cazadoras de ratas y de grandes orejas y largos rabos como ella. Cuando Papá regresó, la cena ya estaba dispuesta y la casa limpia y aseada. Había vendido la granja: Nelson le pagaba doscientos dólares en efectivo por ella y estaba alborozado.

—Con esto cancelaremos todas nuestras deudas y aún nos quedará algo —dijo—. ¿Qué te parece, Caroline?

—Confío que sea para bien —repuso Mamá—. ¿Pero cómo...?

—Aguarda a que te lo explique. Lo tengo todo calculado —prosiguió Papá—. Yo partiré mañana con Docia; tú y las niñas os quedaréis aquí hasta que Mary se haya restablecido, digamos un par de meses. Nelson se ha ofrecido a llevar nuestras cosas a la estación y vosotras viajaréis en tren.

Laura le miró sorprendida. Y también Carrie y Mamá.

—¿En tren? —se asombró Mary.

Ni por un instante se les había ocurrido que pudieran ir en tren. Naturalmente Laura sabía que la gente viajaba en los trenes, pero éstos solían sufrir accidentes en los que muchos encontraban la muerte. No era exactamente que sintiera miedo, pero estaba excitada. Carrie, asustada, abría mucho los ojos en su puntiaguda carita.

Habían visto cruzar el tren por la pradera con la locomotora despidiendo grandes y redondas nubes de negro humo y oído el estrépito que producía y su intenso y penetrante silbido. Los caballos intentaban huir cuando veían llegar el tren si el jinete no lograba retenerlos.

—Estoy segura de que nos arreglaremos perfectamente con ayuda de Laura y Carrie —repuso Mamá con su habitual serenidad.

Capítulo Dos

HACERSE MAYOR

Había muchísimo que hacer porque Papá marchaba al día siguiente. Instaló los arcos de la vieja carreta en la nueva y los cubrió con la lona, que aunque raída resistiría un viaje tan breve. Tía Docia y Carrie le ayudaron a cargar la carreta mientras Laura lavaba, planchaba y cocía galletas para el camino.

Jack observaba todo aquel ajetreo, mas todos estaban demasiado ocupados para reparar en el viejo *bulldog*, hasta que, de repente, Laura lo distinguió entre la casa y la carreta. No brincaba alegremente, ladeando la cabeza como solía. Se mantenía apuntalado rígidamente en sus patas porque a la sazón sufría reuma. Arrugaba la frente tristemente y tenía caído su corto rabo.

—¡Mi viejo Jack! —le dijo Laura.

Pero el animal permaneció inmóvil dirigiéndole una apenada mirada.

—¡Míralo, Papá! ¡Mira a Jack! —exclamó la niña.

Se inclinó y le acarició la cabeza. Su hermosa piel se había vuelto gris. Primero había sido el hocico, luego las mandíbulas y ahora ni siquiera las orejas eran ya castañas. Jack apoyó la cabeza contra ella y suspiró.

En aquel preciso instante comprendió que el perro estaba demasiado cansado para correr bajo la carreta durante todo el camino hasta el

Territorio de Dakota y que le preocupaba ver el vehículo dispuesto para emprender la marcha y sentirse tan viejo y agotado.

—¡Papá! —dijo—. ¡Jack no podrá ir tan lejos! ¡Oh, Papá, no podemos dejar a Jack!

—En realidad no resistiría todo el camino —repuso Papá—. Lo había olvidado. Apartaré la bolsa de provisiones y le dejaré espacio para que vaya en la carreta. ¿Verdad que te gustará viajar de ese modo, viejo amigo?

Jack meneó cortésmente la cola y ladeó la cabeza: no quería irse, ni siquiera en la carreta.

Laura se arrodilló junto a él y le abrazó como cuando era pequeña.

—¡Jack, iremos al Oeste! ¿No quieres volver al Oeste, Jack?

Siempre había estado dispuesto y alegre cuando veía que Papá cubría la carreta con la lona. Ocupaba su lugar bajo el vehículo en cuanto emprendía la marcha y durante todo el trayecto, desde Wisconsin al Territorio Indio y de regreso a Minnesota, había trotado a la sombra del carromato, en pos de los caballos. Había vadeado arroyos y ríos, y de noche, cuando Laura dormía en la carreta, montaba guardia. Por las mañanas, aunque tuviese las patas doloridas por el camino, habíase alegrado con ella ante la salida del sol y viendo enganchar a los caballos y siempre estuvo dispuesto para una nueva jornada de viaje.

Y ahora se apoyaba en ella y hundía el hocico en su mano pidiéndole que lo mimara. Laura acarició su gris cabeza y le alisó las orejas advirtiendo cuán fatigado estaba.

Mientras Mary, Carrie y luego Mamá estuvieron enfermas de escarlatina, ella lo había descuidado. Jack siempre la había ayudado en todos sus apuros, pero no podía hacerlo habiendo enfermos en la casa. Tal vez en aquella ocasión se había sentido solo y olvidado.

—No era ésa mi intención, Jack —se disculpó Laura.

Y él pareció comprenderla. Siempre se habían comprendido mutuamente.

Jack la había cuidado cuando era pequeña y la había ayudado a atender a Carrie cuando ésta era un bebé. Si Papá marchaba, Jack permanecía con Laura vigilándola a ella y a la familia. Era especialmente el perro de Laura.

No sabía cómo explicarle que debía irse con Papá en la carreta y dejarla: seguramente no comprendería que ella iría más tarde en tren.

No podía quedarse más tiempo con él porque había mucho que hacer, pero durante toda aquella tarde le estuvo diciendo: «¡Buen perro, Jack!», siempre que le fue posible. Le dio una espléndida cena y después de lavar los platos y preparar la mesa para desayunar temprano, le hizo la cama.

Su cama consistía en una vieja manta de caballos y se encontraba en un rincón del cobertizo, en la parte posterior de la casa. Había dormido allí desde que se trasladaron a aquella casa porque Laura dormía en el ático y él no podía subir la escalera. Durante cinco años había sido aquélla su cama y Laura la había mantenido ventilada, limpia y cómoda, pero últimamente la había descuidado. Y aunque él había intentado ahuecarla y arreglársela, la manta se había apelmazado formando rígidas arrugas.

Jack la estuvo observando mientras ella sacudía y disponía cómodamente la manta, sonriendo y moviendo la cola, complacido al verla prepararle su lecho. Laura formó un hueco acogedor y le dio unas palmaditas para demostrarle que ya estaba preparado.

Jack se acercó y dio una vuelta alrededor. Se detuvo para desentumecer sus rígidas patas y dio otra vuelta. Siempre daba tres vueltas antes de acostarse para pasar la noche. Lo había hecho cuando era joven en los Grandes Bosques y en la hierba bajo la carreta por las noches: es algo muy característico en los perros.

Dio cansadamente la tercera vuelta y se enroscó bruscamente profiriendo un suspiro, pero irguiéndose para ver a Laura.

Ella le acarició la cabeza cubierta de pelo gris y pensó que siempre había sido un excelente animal. En todo momento se había sentido a salvo de lobos e indios sabiéndole cerca. Y la había ayudado muchas veces a conducir las vacas al establo por la noche.

¡Habían sido tan felices jugando en el río Plum y en el remanso donde estaba el viejo cangrejo! Y cuando ella tuvo que ir a la escuela, siempre aguardaba en el vado a que regresara a casa.

—¡Buen perro, Jack, buen perro! —le dijo.

Él volvió la cabeza para lamerle la mano con la punta de la lengua. Luego hundió el hocico entre las patas, suspiró y cerró los ojos. Quería dormir.

Por la mañana, cuando Laura bajó la escalera a la luz de la lámpara y Papá salió a realizar sus tareas, habló a Jack, pero éste no se movió. El animal yacía frío y rígido, enroscado en la manta.

Lo enterraron en la suave pendiente que daba sobre el campo de trigo, junto al sendero por el que solía correr tan alegremente cuando acompañaba a Laura a recoger las vacas. Papá echó paletadas de tierra sobre la caja y seguidamente la aplanó. Cuando todos hubiesen marchado al Oeste, crecería allí la hierba. Jack jamás volvería a olfatear el aire de la mañana ni saltaría sobre el césped riendo e irguiendo las orejas. Tampoco rozaría con su hocico la mano de Laura para pedirle que lo acariciase. En muchas ocasiones ella podía haberlo acariciado sin que se lo pidiera y no lo había hecho.

—No llores, Laura —dijo Papá—. Se ha marchado a los Felices Campos de Caza.

—¿De verdad, Papá? —logró articular la niña.

—Los perros también tienen su recompensa, Laura —repuso su padre.

Tal vez en los Felices Campos de Caza Jack estuviera corriendo alegremente al viento por algún alto prado, como solía hacerlo en las hermosas y salvajes praderas del Territorio Indio. Quizá por fin lograse cazar una liebre. Había intentado muchas veces capturar una de aquellas liebres de largas orejas y patas y jamás lo había conseguido.

Aquella mañana Papá marchó, en la ruidosa y vieja carreta, tras la calesa de tía Docia. Jack no se encontraba detrás de Laura para despedir a Papá. Sólo hallaba el vacío cuando se volvía, en lugar de los ojos de Jack mirándola para decirle que cuidaría de ella.

Laura comprendió que había dejado de ser una niña. Ahora estaba sola y debía cuidar de sí misma. Cuando se tiene que hacer eso, se hace, y uno es mayor. Laura no era muy grande, pero estaba a punto de cumplir trece años y no tenía a nadie en quién confiar: Papá y Jack se habían ido y Mamá necesitaba ayuda para atender a Mary y a las pequeñas y para conducirlas a todas sanas y salvas al Oeste, fuese como fuese.

CAPÍTULO TRES

VIAJAR EN TREN

Cuando llegó el momento, Laura apenas podía creer que fuese verdad. Las semanas y los meses se habían hecho interminables y de repente quedaban atrás. El río Plum, la casa y las laderas y campos que tan bien conocía, desaparecerían y jamás volvería a verlos. Transcurrieron los últimos días embalando, limpiando, fregando, lavando y planchando afanosamente, y también los últimos momentos de frenesí bañándose y vistiéndose. Limpias y con sus vestidos almidonados se encontraban en el amanecer de un día laborable sentadas en hilera en el banco de la sala de espera mientras Mamá compraba los billetes.

Dentro de una hora partirían en los vagones del ferrocaril.

Sus dos bolsas se hallaban en el soleado andén, al exterior, junto a la puerta de la sala de espera. Laura no las perdía de vista, como tampoco a Grace, tal como Mamá le había ordenado. Grace permanecía formalmente sentada con su gorrito y su almidonado vestido de linón blanco, debajo del cual asomaban sus piececitos calzados con zapatos nuevos. Mamá, en la ventanilla, contaba cuidadosamente las monedas que extraía de su billetero.

Viajar en tren costaba dinero. Cuando se trasladaban en carreta no habían tenido que pagar nada y aquélla era una hermosa mañana para internarse por las nuevas carreteras, un precioso día de septiembre en que algunas nubecillas discurrían por el cielo. En aquellos momentos todas las niñas estarían en la escuela: verían pasar el tren con todo su estrépito y sabrían que Laura marchaba en él. Los trenes corrían más que los caballos. Iban tan terriblemente rápidos que solían sufrir accidentes. Nunca se sabía lo que podía sucederle a uno viajando en tren.

Mamá guardó los billetes en su portamonedas de madreperla y cerró cuidadosamente el broche metálico. Estaba guapísima con su traje de muselina negra con cuello y puños de encaje blanco. Llevaba un sombrero negro de paja con ala estrecha vuelta hacia arriba y un ramillete blanco de muguete a un lado de la copa. Se sentó y tomó a Grace en su regazo.

Ahora no tenían otra cosa que hacer que esperar: habían llegado una hora antes para asegurarse de que no perdían el tren.

Laura se alisó su vestido. Era de percal marrón salpicado con florecillas rojas. Llevaba los cabellos recogidos en largas y castañas trenzas y una cinta roja unía sus extremos. Y también lucía otra cinta roja en la copa del sombrero.

El vestido de Mary era de percal gris con ramilletes de flores azules y lucía una cinta azul en su sombrero de paja de ala ancha. Debajo del sombrero recogía sus cortos cabellos con una cinta también azul que le rodeaba la cabeza. Sus lindos ojos azules no distinguían nada. Pero decía:

—¡Estáte quieta, Carrie, o te arrugarás el vestido!

Laura estiró el cuello para mirar a Carrie que se sentaba más allá de Mary. Carrie era menuda y delgada y vestía de percal rosa con cintas también rosas en sus trenzas castañas y en su sombrero. La pequeña se sonrojó avergonzada al ser regañada por Mary y Laura estuvo a punto de decirle:

—¡Ven conmigo, Carrie, y muévete cuanto quieras!

Precisamente en aquel momento se iluminaba alegremente el rostro de Mary al tiempo que exclamaba:

—¡Mamá, Laura también se está moviendo! ¡Lo noto aunque no la vea!

—Es cierto, Mary —convino Mamá.

Y Mary sonrió satisfecha.

Laura se sintió avergonzada de haberse enojado mentalmente con Mary y guardó silencio. Se levantó y pasó delante de Mamá sin decir palabra.

—Pide perdón, Laura —tuvo que recordarle su madre.

—Discúlpame, Mamá; discúlpame, Mary —dijo Laura cortésmente y se sentó junto a Carrie.

Carrie se sentía más segura cuando estaba entre Laura y Mary. En realidad le asustaba terriblemente viajar en tren. Desde luego que jamás confesaría tener miedo, pero Laura sabía que así era.

—Mamá —preguntó Carrie tímidamente—, Papá seguramente irá a recogernos, ¿verdad?

—Irá a recogernos —repuso su madre—. Tiene que salir del campamento y tardará todo un día. Nosotras le aguardaremos en Tracy.

—¿Llegará allí antes de que anochezca, Mamá? —se interesó Carrie.

Mamá confiaba que así fuera.

No se sabe lo que puede suceder cuando se viaja en tren. No es como ponerse en camino todos juntos en una carreta.

—Tal vez Papá ya haya escogido nuestra parcela —dijo Laura muy animosa—. Imagina cómo será, Carrie, y yo lo adivinaré.

No podían hablar muy bien porque estaban pendientes constantemente de la llegada del tren. Al cabo de mucho rato Mary dijo que creía oírlo. Entonces Laura percibió un tenue y lejano zumbido. El corazón le latía tan deprisa que apenas podía escuchar a Mamá.

Mamá cogió a Grace en brazos y con su otra mano asió la manita de Carrie.

—Laura, tú irás detrás mío con Mary. ¡Ve con cuidado!

El tren se aproximaba cada vez más con mayor estruendo. Permanecieron en el andén, junto a las bolsas, y lo vieron llegar. Laura no sabía cómo podrían subir las bolsas: Mamá tenía ocupadas la manos y ella debía conducir a Mary. La ventanilla redonda delantera de la locomotora resplandecía a la luz del sol como un enorme ojo. La chimenea se erguía en lo alto hasta formar un amplio capitel por el que profería negras nubes de humo que se remontaban hacia el cielo. Un repentino reguero blanco surgió disparado a través del humo y luego se oyó un penetrante y salvaje silbido. El estruendoso objeto se precipitaba directamente hacia ella haciéndose cada vez más grande, enorme, conmocionándolo todo con su estrépito.

Luego pasó lo peor. Aquel monstruo no las atropelló sino que cruzó por su lado con sus enormes y gruesas ruedas. Los vagones de carga y las plataformas se sucedieron dando bandazos y sacudidas y finalmente se inmovilizaron. El tren estaba allí y tenían que montar en él.

—¡Laura! —gritó Mamá—. ¡Tú y Mary id con cuidado!

—Sí, Mamá —repuso Laura.

Y guió inquieta a su hermana, paso a paso, cruzando el entarimado del andén tras las faldas de su madre. Cuando ella se detuvo, también Laura detuvo a Mary.

Se encontraban junto al último vagón, en el extremo del tren. Unos peldaños permitían acceder a él y un desconocido, con traje y gorra negros, ayudó a Mamá a subirlos con Grace en brazos.

—¡Arriba! —dijo aupando a Carrie junto a Mamá.

Luego añadió:

—¿Son suyas esas bolsas, señora?

—Sí, por favor —repuso ella—. Gracias. Venid, Laura y Mary.

—¿Quién es, Mamá? —preguntó Carrie mientras Laura ayudaba a Mary a subir la escalera.

Se apretujaban en un espacio muy reducido. El hombre pasó abriéndose paso junto a ellas animosamente con las bolsas y franqueó la puerta del vagón. Le siguieron entre dos hileras de asientos de terciopelo rojo llenos de gente. Los costados del vagón estaban casi totalmente formados por ventanillas y en el interior había casi tanta luz como en el exterior. Rayos de sol caían verticalmente entre la gente y sobre el rojo terciopelo.

Mamá ocupó uno de los asientos e instaló a Grace en su regazo indicando a Carrie que se sentara a su lado.

—Laura, tú y Mary os sentaréis delante de mí —les dijo.

Laura guió a su hermana y ambas ocuparon los lugares señalados. El asiento de terciopelo era muelle. Laura sintió deseos de saltar en él, pero comprendió que debía comportarse.

—Mary —susurró—, los asientos son de terciopelo rojo.

—Ya veo —respondió Mary acariciando la tela con las puntas de los dedos—. ¿Qué hay delante de nosotras?

—El alto respaldo del asiento delantero, también del mismo material —le explicó Laura.

La locomotora silbó y ambas saltaron. El tren se disponía a partir. Laura se arrodilló en el asiento para ver a Mamá. Su madre estaba tranquila y preciosa con su traje negro, el cuello de encaje blanco y las delicadas y blancas florecillas que llevaba en el sombrero.

—¿Qué sucede, Laura? —preguntó Mamá.

—¿Quién era ese hombre? —preguntó ella.

—El guardafrenos —le explicó Mamá—. Siéntate y...

El tren traqueteó echándola hacia atrás, la hizo golpearse la barbilla con el respaldo posterior y resbalar el sombrero de su cabeza. De nuevo se bamboleó el tren, aunque en esta ocasión no tan fuertemente, y luego comenzó a vibrar y la estación se movió.

—¡Se marcha! —exclamó Carrie.

Los estremecimientos se hicieron cada vez más rápidos y ruidosos.

La estación quedó atrás y las ruedas comenzaron a rodar rítmicamente debajo del vagón. Las ruedas giraban regularmente, cada vez más deprisa. El depósito de maderas, la parte posterior de la iglesia y la fachada de la escuela quedaron atrás y el pueblo se perdió de vista.

El vagón oscilaba ahora acompasado con el golpeteo de la parte inferior y el negro humo ascendía en nubes que se deshacían. Los cables del telégrafo subían y bajaban al otro lado de la ventanilla. En realidad, no oscilaban, pero así lo parecía porque se combaban entre los

postes. Estaban sujetos a verdes objetos de cristal que resplandecían a la luz del sol y se oscurecían cuando el humo los envolvía. Más allá del cable discurrían praderas, campos, granjas dispersas y establos.

Pasaban tan deprisa que a Laura no le daba tiempo de fijarse en ellos. Aquel tren correría a unas veinte millas por hora, el recorrido que harían los caballos en una jornada.

La puerta se abrió y por ella apareció un hombre alto que llevaba chaqueta azul con botones de latón y una gorra con las letras de

REVISOR

en su parte delantera. El hombre se detenía en cada asiento y pedía los billetes en los que efectuaba unos agujeritos redondos con una taladradora pequeñita que llevaba en la mano. Mamá le dio tres billetes, pues Carrie y Grace eran tan pequeñas que podían viajar sin pagar.

Cuando el Revisor hubo pasado, Laura dijo en voz baja:

—¡Oh, Mary! Lleva muchos botones brillantes de latón en la chaqueta y delante de su gorra se lee REVISOR.

—Y es alto —añadió Mary—. Su voz llegaba de arriba.

Laura intentó explicarle cuan deprisa pasaban los postes de telégrafos.

—Los cables penden entre ellos y suben y bajan —y los contó—. ¡Uno, arriba; dos, arriba; tres! ¡Así de rápidos van!

—Ya advierto la rapidez, puedo sentirla —repuso Mary satisfecha.

Aquella espantosa mañana en que Mary dijo que no podía ver la luz del sol que le daba de lleno en los ojos, Papá dijo a Laura que debía ver por ella.

—Tus ojos son bastante rápidos y también tu lengua —le había dicho— y debes usarlos para Mary.

Laura le había prometido que así lo haría. De modo que trataba de ser los ojos de Mary y su hermana pocas veces necesitaba pedirle que viera por ella.

—Los dos costados del vagón están formados por ventanillas, una junto a otra —decía Laura en aquellos momentos—, cada ventanilla es una gran plancha de cristal e incluso los listones de madera que hay entre ellas brillan como cristal, de tan pulidas que están.

—Sí, me parece verlo —repuso su hermana.

Pasó la mano por el cristal y tocó la brillante madera con las puntas de los dedos.

—Los rayos de sol llegan de soslayo por las ventanillas de la parte sur, en amplias franjas que caen sobre los asientos de terciopelo rojo y la gente. Fragmentos de sol se proyectan en vaivén en el suelo. Por encima de las ventanillas, a ambos lados, la madera pulimentada se curva en las paredes, y a todo lo largo del centro del techo hay una zona más alta con pequeñas paredes laterales alargadas y ventanitas bajas por las que puede distinguirse el cielo azul. Pero afuera de las ventanas grandes, a ambos lados, el paisaje pasa deprisa. Los campos de rastrojos son dorados, los almiares están junto a los establos y los arbolitos son amarillos y rojos y forman bosquecillos en torno a las casas.

»Ahora te describiré a la gente —prosiguió Laura en un murmullo—. Frente a nosotras hay un señor con patillas y una calva en la parte superior de la cabeza que está leyendo un periódico. No mira para nada por la ventanilla. Más allá, hay dos jóvenes con sombrero. Sostienen un gran mapa blanco que consultan y hablan acerca de él. Supongo que también irán en busca de una hacienda. Tienen las manos toscas y encallecidas, por lo que calculo que son buenos trabajadores. Y más adelante hay una mujer con cabellos rubios claros y, ¡oh Mary!, un precioso sombrero de terciopelo rojo con rosas...

En aquel preciso momento pasaba alguien por su lado y Laura alzó la cabeza para verlo.

—Acaba de pasar un hombre delgado, de cejas hirsutas, grandes bigotes y nuez prominente en la garganta —prosiguió la niña—. No puede andar erguido por la velocidad que lleva el tren. Me pregunto que... ¡Oh, Mary! Acaba de girar una manecilla de la que sale agua. ¿Cómo iba a imaginar...? ¡Mary! Ha depositado la taza en un pequeño estante y regresa.

Cuando el hombre hubo pasado por su lado, Laura se decidió. Preguntó a Mamá si podía ir a beber y ella la autorizó. De modo que se puso en marcha.

No podía caminar erguida. El vaivén del tren la hacía tambalearse obligándola a asirse a los respaldos durante todo el camino. Pero consiguió llegar hasta el final del vagón y estuvo mirando la manecilla brillante y la cañería, así como el pequeño estante que estaba debajo y en el que se encontraba la brillante taza de latón. Giró un poco la manecilla y brotó agua del grifo. Giró de nuevo la manecilla hacia atrás y el agua se detuvo. Bajo la taza había un agujerito destinado a dejar escapar el líquido que se vertiera. Laura nunca había visto nada tan fascinante. Estaba todo tan limpio y era tan maravilloso que hubiera deseado llenar la taza una y otra vez. Pero pensó que con ello se echaría a perder el agua. De modo que después que hubo bebido, sólo lleno la taza parcialmente con el fin de no derramarla y se la llevó muy cuidadosamente a su madre.

Bebieron Carrie y Grace. Pero no quisieron repetir y Mamá y Mary no tenían sed. De modo que Laura devolvió la taza a su sitio. El tren se precipitaba constantemente hacia adelante y el paisaje iba quedando atrás entre el traqueteo. Pero en esta ocasión Laura no rozó siquiera los asientos a su paso: ahora podía andar casi tan bien como el Revisor. Seguro que nadie sospecharía que era la primera vez que viajaba en el tren.

Entonces vio a un muchacho que avanzaba por el pasillo con una cesta en el brazo. El niño se detenía, mostraba la cesta a la gente y algunos cogían cosas de ella y le daban dinero. Cuando llegó hasta ella observó que la cesta estaba llena de cajas de caramelos y de largos palitos de goma de mascar. El niño se los enseñó a Mamá y le dijo:

—¿Unos caramelos, señora? ¿Goma de mascar?

Mamá negó con la cabeza, mas el muchacho abrió una caja y exhibió los caramelos de colores. Carrie suspiró incontenibenmente.

El muchacho agitó un poco la caja, sin tirar su contenido. Eran hermosos caramelos navideños, fragmentos rojos y amarillos y algunos a rayas rojas y blancas.

—Sólo son diez centavos, señora.

Laura, y también Carrie, sabían que no podían tener aquellos caramelos y se limitaron a mirarlos. De pronto Mamá abrió su monedero y sacó una moneda de níquel y cinco centavos, que depositó en la mano del muchacho, cogió la cajita y se la dio a Carrie.

Cuando el muchacho se hubo marchado, Mamá, como si se disculpara por haber gastado tanto dinero, les dijo:

—Después de todo debemos celebrar nuestro primer viaje en tren.

Grace estaba dormida y Mamá dijo que los bebés no comen caramelos. En cuanto a ella, tomó sólo uno pequeñito. Entonces Carrie se sentó entre Laura y Mary y repartió el resto. Les correspondieron dos a cada una. Ello significaba comerse uno y guardar el otro para el día siguiente, pero poco después que hubieron desaparecido los primeros, Laura decidió probar el segundo. Luego Carrie probó el suyo y finalmente también Mary cedió. Y los estuvieron chupando hasta consumirlos, poco a poco.

Aún seguían lamiéndose los dedos cuando la locomotora silbó larga y ruidosamente. El vagón fue reduciendo entonces su marcha y lentamente retrocedieron en el exterior las partes posteriores de las cabañas. La gente comenzó a recoger sus cosas y a ponerse sus sombreros y el tren se detuvo entre un fragor espantoso. Era mediodía y habían llegado a Tracy.

—Espero que no hayáis echado a perder la comida con esos caramelos —dijo Mamá.

—No hemos traído comida, Mamá —le recordó Carrie.

—Comeremos en el hotel —repuso Mamá con aire ausente—. Vamos, Laura: tú y Mary id con cuidado.

Capítulo Cuarto

EL FINAL DE LAS VÍAS

Papá no estaba en aquella extraña estación.

El guardafrenos depositó las bolsas en el andén y dijo:

—Si aguarda un momento, la acompañaré al hotel, señora. También yo me dirijo allí.

El guardafrenos ayudó a soltar la locomotora del tren. El fogonero, enrojecido y sucio de hollín, se asomó por la ventanilla para observar. Luego tiró de la cuerda de una campanilla. La locomotora marchó sola, echando humo y resoplando entre el tintineo de la campanilla. Avanzó sólo un poco, luego se detuvo y entonces Laura no pudo dar crédito a lo que veían sus ojos: los raíles metálicos y las traviesas que estaban entre ellos giraban totalmente en redondo formando un círculo en el suelo hasta que sus extremos coincidieron de nuevo y la locomotora quedó mirando hacia atrás.

Laura estaba tan sorprendida que no podía explicar a Mary lo que sucedía. La locomotora avanzó resonando y resoplando por otro carril junto al tren, lo dejó atrás y se adelantó un poco más. Sonó la campanilla, los hombres gritaron e hicieron movimientos con los brazos y la locomotora retrocedió dando un topetazo en el extremo posterior del tren. Todos los vagones se golpearon ruidosamente entre sí. Y allí quedó el tren y la locomotora mirando hacia atrás, al este.

Carrie estaba boquiabierta por la sorpresa. El guardafrenos se rió amistoso.

—Es la placa giratoria —le dijo—. Aquí está el final de las vías y tenemos que hacer girar en redondo la locomotora para que el tren pueda emprender el camino de regreso.

Desde luego que tenían que hacerlo así, pero a Laura jamás se le hubiera ocurrido. Ahora sabía lo que Papá quería decir cuando hablaba de los maravillosos tiempos que estaban viviendo. Papá decía que nunca había habido tales maravillas en toda la historia del mundo. Ahora, en una mañana, habían viajado realmente como en toda una semana y Laura había visto girar en redondo al Caballo de Hierro para desandar todo el camino en una tarde.

Por un breve instante casi deseó que Papá fuese ferroviario. Nada había tan maravilloso como los ferrocarriles, y los ferroviarios eran grandes hombres, capaces de conducir enormes locomotoras de hierro y rápidos y peligrosos trenes. Pero desde luego ni siquiera los ferroviarios eran más grandes ni mejores que Papá, y ella en realidad no deseaba que fuese otra cosa que lo que era.

En otra vía, junto a la estación, había una larga hilera de vagones de carga que unos hombres descargaban en carretas. Pero de pronto todos se detuvieron y saltaron al suelo. Algunos bostezaron y un joven muy corpulento comenzó a entonar el himno favorito de Mamá. Sólo que con otras palabras. Decía:

> *Hay una posada*
> *no lejos de aquí*
> *donde sirven jamón y huevos fritos*
> *tres veces al día.*
> *¡Uau! Cómo gritan los huéspedes*
> *cuando oyen la campanilla.*
> *¡Uau! ¡Cómo huelen los huevos!*
> *Tres veces...*

Cantaba esas sorprendentes palabras acompañado por algunos compañeros cuando vieron a Mamá y se interrumpieron. Mamá avanzaba silenciosa, llevando a Grace en brazos y sujetando a Carrie de la mano. El guardafrenos estaba desconcertado.

—Será mejor que nos apresuremos, señora —dijo rápidamente—. Están avisando para la comida.

El hotel estaba al final de una callejuela, después de algunos almacenes y solares vacíos. Un letrero sobre la acera decía «Hotel» y debajo se encontraba el hombre que hacía sonar la campanilla. La agitaba ininterrumpidamente y las botas de los hombres repiqueteaban sobre la polvorienta calle y la acera de madera.

—¡Oh, Laura! —exclamó Mary temblando—. ¿Es todo tal como se oye?

—No —respondió su hermana—. No pasa nada: sólo es un pueblo y gente normal.

—¡Parecen tan toscos! —repuso Mary.

—Ahora estamos en la puerta del hotel —le anunció Laura.

El guardafrenos, que abría la marcha, depositó las bolsas en un suelo que necesitaba ser barrido. Las paredes estaban empapeladas de color castaño y de una de ellas pendía un calendario mostrando una ilustración grande y brillante donde aparecía una linda muchacha en un espléndido campo de trigo. Los hombres cruzaban apresuradamente la puerta que daba a una gran sala donde había una mesa cubierta con blanco mantel y dispuesta para comer.

El hombre que había tocado la campanilla le dijo a Mamá:

—¡Sí, señora! ¡Tenemos habitación para usted!

Guardó las bolsas detrás del mostrador y dijo:

—¿Le gustaría asearse un poco antes de comer, señora?

Pasaron a una habitación pequeña en la que había un lavabo con una gran jofaina y un jarro de porcelana. De la pared colgaba una toalla rodante. Mamá mojó un pañuelo limpio y lavó la cara y las manos a Grace y también las suyas. Luego vació la jofaina en un cubo que estaba junto al lavabo y volvió a llenarla de agua limpia para Mary y nuevamente para Laura. Era agradable sentir el agua fría en los rostros sucios de polvo y hollín, que se ennegreció en el cuenco. Sólo hubo un poco de agua para cada una y el jarro quedó vacío. Mamá lo depositó de nuevo en la jofaina cuando Laura hubo acabado y todas se enjugaron con la toalla. Esa toalla resultaba muy adecuada porque tenía los extremos cosidos y se deslizaba por un rodillo de modo que todos pudieran encontrar un trozo seco.

Había llegado el momento tan temido por Laura de ir al comedor, y sabía que a su madre también la asustaba. Les resultaba difícil enfrentarse a tantos desconocidos.

—Estáis limpias y guapísimas —dijo Mamá—. Ahora pensad que debéis comportaros debidamente.

Mamá avanzó la primera con Grace en brazos, seguida de Carrie y por último de Laura que acompañaba a Mary. El ruidoso estrépito de los comensales se silenció cuando entraron en el comedor, pero casi ninguno de los presentes alzó los ojos. Por fin Mamá encontró sillas vacías y se sentaron en hilera ante la larga mesa.

Por toda la mesa, sobre el blanco mantel, se veían unas pantallas en forma de colmena bajo las cuales se encontraban bandejas de carne o platos de verduras. Había asimismo platitos con pan y mantequilla, otros con escabeche, jarras de jarabe y nata, y cuencos de azúcar. Ante cada comensal habían servido un gran pedazo de pastel en un platito. Las moscas se arrastraban y zumbaban sobre las pantallas metálicas, mas no podían tocar los alimentos allí encerrados.

La gente era muy amable y se pasaba los alimentos. Los platos iban y venían de mano en mano arriba y abajo de la mesa hasta Mamá. Sólo hablaban para murmurar: «A su disposición, señora», cuando ella decía: «Gracias». Una muchacha le sirvió una taza de café.

Laura le cortó la carne a Mary en pedacitos y le untó el pan de mantequilla. Ésta manejaba perfectamente el cuchillo y el tenedor con sus sensibles dedos sin tirar nada.

Fue una lástima que la excitación les hubiera quitado el apetito. La cena costaba veinticinco centavos y podían comer todo cuanto quisieran. Había muchísima comida, pero comieron muy poco. Al cabo de unos momentos los hombres habían acabado su pastel y salido de la habitación y la muchacha que sirvió el café comenzó a recoger los platos y a llevárselos a la cocina. Era corpulenta y afable, de rostro despejado y cabellos rubios.

—Supongo que irán ustedes en busca de alguna hacienda —preguntó a Mamá.

—Sí —repuso ella.

—¿Trabaja su marido en el ferrocarril?

—Sí —repitió Mamá—. Esta tarde acudirá a recogernos.

—Ya imaginé que sería así —replicó la muchacha—. Es curioso que hayan venido en esta época del año: casi todos vienen en primavera. Su hija mayor es ciega, ¿verdad? ¡Qué lástima! Bien, el salón está en el otro lado del despacho. Pueden instalarse allí si lo desean, hasta que llegue su marido.

En el salón había una alfombra y papel floreado en las paredes. Las sillas estaban acolchadas en felpa color granate. Mamá se instaló en una mecedora con un suspiro de alivio.

—Grace pesa mucho. Sentaos, niñas, y estaos quietas.

Carrie se subió a una gran silla junto a Mamá, y Mary y Laura se acomodaron en el sofá. Todas estuvieron muy quietecitas, por lo que Grace pudo dormir su siesta de mediodía.

En la mesita de centro había una lámpara con pie de latón cuyas patas curvadas concluían en bolas de cristal sobre la alfombra. Las cortinas de encaje estaban recogidas en la ventana y entre ellas Laura podía distinguir la pradera y una carretera que la atravesaba. Quizá por allí vendría Papá. De ser así, marcharían todos por ella y en algún lugar, más allá del final que Laura distinguía, vivirían algún día en la nueva hacienda.

Laura hubiera preferido no detenerse nunca. Le hubiese gustado seguir adelante hasta llegar al fin de la carretera, doquiera que estuviese.

Durante todo aquel largo atardecer permanecieron sentadas muy modosas en el salón mientras Grace dormía. Carrie dormitó un poco e incluso Mamá dio unas cabezadas. El sol casi se ponía cuando apareció por la carretera un diminuto tiro de caballos y una carreta que cada vez se fueron haciendo más grandes. Grace ya estaba despierta y todas miraban por la ventana. Cuando la carreta adquirió tamaño natural descubrieron que era la de Papá y él quien la conducía.

Como estaban en un hotel no podían correr a su encuentro. Pero al cabo de unos momentos entraba él en la habitación exclamando:

—¡Hola! ¡Aquí están mis chicas!

CAPÍTULO CINCO

EL CAMPAMENTO DEL FERROCARRIL

Al amanecer del día siguiente todos estaban en la carreta con rumbo al Oeste. Grace se sentaba entre Mamá y Papá en el asiento de muelles y Carrie y Laura, con Mary entre ellas, en un tablero tendido sobre la caja de la carreta.

Viajar en tren había sido lujoso y rápido, pero Laura prefería la carreta. Como sólo viajarían un día, Papá no había puesto la lona y sobre sus cabezas se extendía el cielo y, a su alrededor, la pradera por doquier, con sus granjas diseminadas. La carreta avanzaba lentamente, por lo que había tiempo de verlo todo y conversar cómodamente.

El único ruido lo producía el repiqueteo de los cascos de los caballos y el rechinar del vehículo.

Papá dijo que había concluido el primer contrato de tío Hi y que iba a trasladarse a un nuevo campamento más hacia el Oeste.

—Los hombres ya se han marchado. Sólo quedan un par de arrieros además de la familia de Docia. Han desmontado hasta la última cabaña y cargarán la madera dentro de un par de días —dijo Papá.

—¿Se trasladan también ellos? —se interesó Mamá.

—Sí, dentro de un par de días —repuso él.

Aún no había buscado una hacienda. Trataría de encontrarla más hacia el Oeste.

Laura no veía gran cosa que describir a Mary. Los caballos seguían por la carretera que atravesaba la pradera y paralelo a ella se extendía

el escalón de tierra pelada del ferrocarril. Hacia el norte, campos y casas eran iguales que en su pueblo, pero éstas más nuevas y pequeñas.

El frescor de la mañana había desaparecido. Desde la carreta, y a través de la dura madera sobre la que se sentaban, les llegaba un constante traqueteo y sacudidas. Parecía que el sol nunca había salido tan lentamente. Carrie suspiró. Su carita puntiaguda estaba pálida. Pero Laura no podía hacer nada por ella. Laura y Carrie debían sentarse en los extremos de la madera, donde el vaivén era más intenso, porque Mary tenía que estar en medio.

Por fin el sol se encontró sobre sus cabezas y Papá detuvo los caballos junto a un arroyuelo. Fue muy agradable sentirse quietas. El arroyuelo rumoreaba, los caballos mascaban su avena en el morral colgado en la parte posterior de la carreta y sobre la cálida hierba Mamá extendió un mantel y abrió la cesta de la merienda. Había pan, mantequilla y excelentes huevos duros, con sal y pimienta en un papel para sazonarlos.

La parada concluyó demasiado pronto. Papá llevó los caballos a abrevarse en el arroyo mientras Mamá y Laura recogían las cáscaras y trozos de papel para dejarlo todo limpio. Papá enganchó de nuevo los caballos a la carreta y exclamó:

—¡Todas arriba!

Laura y Carrie hubiesen preferido caminar un poco, mas no dijeron nada. Sabían que Mary no podía mantenerse firme en su asiento y no podían dejarla sola y ciega. La ayudaron a subir y se sentaron junto a ella sobre el tablero.

La tarde se hizo más larga que la mañana.

—Creí que íbamos hacia el Oeste —dijo Laura en una ocasión.

—Y vamos hacia el Oeste, Laura —repuso Papá sorprendido.

—Pensé que sería diferente —explicó la muchacha.

—Espera a que salgamos de terreno colonizado contestó su padre.

—Estoy cansada —suspiró Carrie en una ocasión. Pero se irguió rápidamente y añadió—: Aunque no muy cansada.

No pretendía quejarse.

Una breve sacudida no es nada. Apenas habían advertido dos millas y media de breves sacudidas cuando marchaban hacia el pueblo desde el río Creek. Pero tanto traqueteo, desde mediodía hasta la puesta de sol, resultaba agotador.

Llegó la oscuridad y los caballos seguían trotando, las ruedas girando y la dura madera no dejaba de vibrar. Las estrellas cubrían el firmamento. El viento era fresco. Se hubieran quedado todas dormidas si las sacudidas del madero se lo hubieran permitido. Durante largo rato nadie dijo nada. Luego habló Papá.

—Aquélla es la luz de la cabaña.

A lo lejos se distinguía un pequeño parpadeo entre la oscuridad. Las estrellas eran mayores, pero su luz era fría; el pequeño parpadeo era cálido.

—Es un breve destello amarillo, Mary —dijo Laura—. Brilla a lo lejos entre la oscuridad para decirnos que sigamos avanzando, que allí hay una casa y gente.

—Y cena —añadió su hermana—. Tía Docia nos guardará la cena caliente.

El resplandor de la luz se fue haciendo cada vez más intenso, comenzando a brillar firme y consistentemente. Al cabo de un buen rato se recortaba en un cuadrado.

—Ahora puede verse que se trata de una ventana —dijo Laura a Mary—. Es una casa baja y alargada. Hay otras dos casas bajas y alargadas en la oscuridad: es todo cuanto puedo distinguir.

—Eso es lo que queda del campamento —repuso Papá.

Y animó a los caballos para que siguieran avanzando.

De pronto los animales se detuvieron bruscamente, sin avanzar un paso más y al mismo tiempo se interrumpieron sacudidas y traqueteos. Todo se detuvo, sólo quedó la tranquila y fría oscuridad. Entonces la luz de una lámpara brilló en el quicio de la puerta y se oyó decir a tía Docia:

—¡Vamos, entrad, Caroline y las niñas! ¡Apresúrate a recoger los caballos, Charles, la cena está aguardando!

La oscuridad y el frío se habían calado en los huesos de Laura. Marie y Carrie también se movían torpemente, tropezaban y bostezaban. En la vasta estancia, la lámpara brillaba sobre una larga mesa, en los bancos y en las toscas paredes de madera.

—Bien, ¿no vais a decir nada a vuestras primas, Lena y Jean? —dijo tía Docia.

—¿Cómo estáis? —las saludó Lena.

—Bien, gracias. ¿Y tú? —respondieron Laura, Mary y Carrie.

Jean era pequeño, sólo tenía once años. Pero Lena era un año mayor que Laura y de ojos negros y vivaces y cabellos negros como la noche, naturalmente rizados. Cortos rizos enmarcaban su frente, cubría su cabeza una ondulada melena y sus trenzas estaban rematadas por rizos. A Laura le agradó al instante.

—¿Te gusta montar a caballo? —preguntó Lena a Laura—. Tenemos dos poneys negros en los que cabalgamos, incluso yo. Jean no puede porque es demasiado pequeño. Papá no le permite llevar la calesa, pero a mí sí. Mañana iré a recoger la ropa limpia y podrás acompañarme si quieres.

—¡Sí! —exclamó Laura—. Si Mamá me autoriza.

Estaba demasiado soñolienta para preguntar cómo podrían ir en una calesa a recoger ropa. Tenía tanto sueño que apenas pudo mantenerse despierta para cenar.

Tío Hi era gordo, amable y tranquilo. Tía Docia hablaba muy excitada. Su marido trataba de tranquilizarla, pero cada vez que lo intentaba ella aún hablaba más deprisa. Estaba enojada porque tío Hi había trabajado esforzadamente todo el verano y no había obtenido compensación alguna.

—Ha trabajado como un esclavo todo el verano —decía—, incluso ha utilizado su propia yunta de caballos en la vía y hemos estado ahorrando, escatimando y privándonos de lo necesario hasta que concluyó el trabajo. ¡Y ahora que ha terminado el contrato, la compañía dice que les debemos dinero! Alegan que estamos en deuda con ellos por nuestro arduo trabajo veraniego. Y para colmo quieren que aceptemos otro contrato y Hi ha consentido en ello. ¡Eso es lo que ha hecho! ¡Aceptar el trabajo!

Tío Hi trataba de tranquilizarla y Laura se esforzaba por mantenerse despierta. Los rostros se confundían, las voces se iban amortiguando en sus oídos y ella se esforzaba por mantener la cabeza erguida. Cuando concluyó la cena acudió tambaleándose a lavar los platos, pero tía Docia les dijo a Lena y a ella que fueran a acostarse.

En casa de tía Docia no había camas para Laura y Lena ni tampoco para Jean. El muchacho debería acostarse en la cabaña donde dormían los hombres.

—¡Ven conmigo, Laura! —le dijo su prima—. Dormiremos en la tienda destinada a oficinas.

El exterior estaba desierto y oscuro y hacía frío. El edificio de los dormitorio se veía bajo y oscuro bajo el cielo y la pequeña tienda-oficina tenía un aspecto fantasmagórico a la luz de las estrellas y parecía muy lejos de la cabaña iluminada.

La tienda estaba vacía. En el suelo crecía la hierba y las paredes de lona se alzaban en declive hasta unirse en un punto en lo alto. Laura se sintió sola y perdida. No le hubiera importado dormir en la carreta, pero no le agradaba tenderse en el suelo en un lugar desconocido y hubiera deseado que sus padres estuvieran allí.

Lena opinaba que era muy divertido dormir en la tienda. Se tumbó inmediatamente en el suelo sobre una manta tendida en la hierba.

—¿No nos desnudamos? —preguntó Laura adormilada.

—¿Para qué? —repuso Lena—. Por la mañana tendríamos que volver a vestirnos. Además, no tenemos sábanas.

De modo que Laura se acostó sobre la manta y se quedó profundamente dormida. De pronto despertó sobresaltada. Entre la inmensa oscuridad de la noche había percibido un aullido salvaje y penetrante.

No se trataba de ningún indio, tampoco de un lobo. Laura no sabía qué podía ser. El corazón le dio un vuelco en el pecho.

—¡Bah, no puedes asustarnos! —gritó Lena. Y aclaró a Laura—: Es Jean, que trata de asustarnos.

Jean aulló de nuevo, pero Lena le gritó:

—¡Lárgate, pequeño! ¡No me he criado en los bosques para que me espante una lechuza!

Jean volvió a aullar. Pero Laura se relajó y se quedó dormida.

Capítulo Seis

LOS PONEYS NEGROS

La despertaron los rayos de sol que atravesaban la lona y caían sobre su rostro. Abrió los ojos al mismo tiempo que Lena, se miraron y se echaron a reír.

—¡Apresúrate! ¡Tenemos que ir a recoger la ropa limpia! —gritó Lena poniéndose en pie de un salto.

Como no se habían desvestido no tuvieron que vestirse. Doblaron la manta y su dormitorio quedó recogido. Luego salieron saltando al aire libre en medio de la ventilada mañana.

Las cabañas se veían pequeñas bajo el inmenso y soleado cielo. Hacia Este y Oeste discurrían los niveles del ferrocarril y la carretera; hacia el Norte, las hierbas despedían oscuros penachos de simientes. Los hombres estaban desmontando una de las cabañas con un agradable estrépito de resonantes maderas. Atados a las vallas, entre la creciente hierba, pastaban los dos negros poneys con sus ondulantes y negras crines y colas.

—Primero debemos ir a desayunar —dijo Lena—. ¡Vamos, Laura, apresúrate!

Todos estaban ya sentados a la mesa salvo tía Docia que freía tortitas.

—¡Lavaos y peinaos, dormilonas! ¡El desayuno está en la mesa y no gracias a vosotras, perezosas!

Tía Docia pellizcó riendo a Lena cuando pasó por su lado: aquella mañana estaba tan afable como tío Hi.

El desayuno fue divertido. Las fuertes carcajadas de Papá resonaban como campanillas. ¡Pero después hubo montones de platos por lavar!

Lena dijo que aquello no era nada para lo que había tenido que hacer ella: lavar platos tres veces al día para cuarenta y seis hombres y, entretanto, guisar. Tía Docia y ella estaban de pie desde antes de que saliera el sol hasta bien entrada la noche y aún no podían sacar adelante todo el trabajo. Por ello su madre había contratado a la lavandera. Era la primera vez que Laura oía hablar de lavanderas. La mujer de un colono lavaba la ropa para tía Docia. Vivía a tres millas de distancia, por lo que tendrían que viajar seis millas entre la ida y el regreso.

Laura ayudó a Lena a llevar los arreos a la calesa y a conducir a los obedientes poneys de las estacas donde estaban atados. Juntas les pusieron los arneses, los bocados, los collerones que ceñían sus negros y cálidos cuellos y las retrancas bajo las colas. Luego ambas los hicieron retroceder junto al palo de la calesa y sujetaron los tiesos enganches de cuero a la ballestilla. Subieron al coche y Lena asió las riendas.

Papá nunca había permitido a Laura conducir sus caballos: decía que, si se desbocaban, no sería bastante fuerte para sujetarlos.

En cuanto Lena sujetó las riendas, los negros poneys emprendieron un alegre trotecillo. Las ruedas de la calesa giraban rápidamente y soplaba un fresco vientecillo. Los pájaros revoloteaban, cantaban y se posaban en lo alto de la hierba crecida. Cuando más corrían los poneys, más deprisa giraban las ruedas. Laura y Lena reían alegres.

Los caballos tocaron sus belfos, dieron un breve relincho y echaron a correr.

La calesa parecía volar, casi despedía a Laura del asiento que ocupaba. Le había caído el sombrero y las cintas le apretaban la garganta. Se asió al borde del asiento. Los poneys se encorvaban y corrían con todas sus fuerzas.

—¡Se han desbocado! —exclamó Laura.

—¡Déjalos correr! —gritó Lena azotándoles con las riendas—. Sólo pueden chocar con hierba. ¡Jipi, jipi! ¡Jipi ye! —vociferaba dirigiéndose a los animales.

Las largas crines negras y las colas flotaban al viento, los cascos golpeaban el suelo, la calesa volaba. Todo pasaba tan deprisa que era imposible verlo. Lena comenzó a cantar:

> *Conozco a un joven muy agradable.*
> *¡Cuidado, cuidado con él!*

Y que suele ser muy atento.
¡Cuidado, cuidado con él!

Aunque Laura no había oído nunca aquella canción, no tardó en repetir el estribillo a pleno pulmón.

¡Cuidado con él: te engaña, querida!
¡Cuidado con él!
¡Oh, cuidado!
No confíes en él porque no es sincero.
¡Cuidado, cuidado con él!

—¡Jipi, jipi, ye! —gritaban. Pero los poneys no podían ir más deprisa. Corrían con todas sus fuerzas.

No me casaré con un campesino (cantaba Lena)
siempre sucio de tierra.
Prefiero a un ferroviario
que vista camisa a rayas.
¡Un ferroviario, un ferroviario,
quiero un ferroviario!
Me casaré con un ferroviario,
Seré la esposa de un ferroviario.

—Creo que deberíamos dejarles descansar —dijo Lena.

Tiró de las riendas hasta poner los animales al trote y luego redujeron su marcha al paso. Todo parecía tranquilo y sereno.

—¡Ojalá pudiera conducir! —suspiró Laura—. Siempre lo he deseado, pero Papá no me deja.

—Puedes hacerlo si quieres —le ofreció Lena generosa.

Precisamente entonces los poneys tocaron sus belfos de nuevo, relincharon y echaron a correr.

—¡Conducirás cuando regresemos a casa! —le prometió Lena.

Corrían por la pradera cantando y gritando. Cada vez que Lena permitía descansar a los caballos, ellos volvían a correr. Sin darse cuenta, llegaron a la cabaña del colono.

Esta consistía en una reducida estancia forrada de madera de arriba abajo y cuyo techo se inclinaba en una sola vertiente, de modo que parecía la mitad de una casita. No era tan grande como los montones de trigo que se amontonaban afuera, donde los hombres trillaban con una ruidosa cortadora que despedía humo. La mujer del colono se aproximó a la calesa arrastrando el cesto de la ropa. Su rostro, brazos y pies descalzos estaban tan curtidos por el sol como el propio cuero. Iba despeinada y su vestido estaba arrugado, descolorido y sucio.

—Disculpad mi aspecto —dijo—. Mi hija se casó ayer y esta mañana han venido los trilladores y he tenido que lavar la ropa. Me estoy afanando desde antes de amanecer, me aguarda la labor de toda una jornada y ya no está mi hija para ayudarme.

—¿Quiere decir que Lizzie se ha casado? —se asombró Lena.

—Sí —respondió orgullosa la madre de Lizzie—. Su padre dice que es demasiado joven, pero ha encontrado un buen hombre y yo digo que es mejor casarse joven. También yo me casé muy joven.

Laura y Lena se miraron. Camino de regreso al campamento, no pronunciaron palabra durante algún rato. Ambas hablaron a la vez.

—Sólo es un poco mayor que yo —dijo Laura.

—Yo soy un año mayor que ella —observó Lena.

Se miraron de nuevo con expresión casi asustada.

De pronto Lena echó hacia atrás su rizada y negra cabellera y exclamó:

—¡Es una necia! ¡Ahora ya no podrá pasárselo bien!

—Sí, ahora ya no podrá jugar más —repuso Laura gravemente. Incluso los poneys trotaban solemnes. Al cabo de un rato Lena dijo que no creía que Lizzie tuviese que trabajar más que antes.

—De todos modos, ahora trabajará para ella en su propia casa y tendrá niños.

—Bueno —respondió Laura—. Me gustará estar en mi propia casa y tener niños y no me importará tener que trabajar, pero no quiero ser tan responsable. Prefiero que Mamá siga siendo responsable aún durante mucho tiempo.

—Y, además, no quiero casarme —añadió Lena—. No me casaré nunca y, si lo hiciera, me casaría con un ferroviario y seguiría marchando hacia el Oeste toda mi vida.

—¿Podré conducir yo ahora? —preguntó Laura que deseaba olvidar todo lo relativo a hacerse mayor.

Lena le entregó las riendas.

—Lo único que tienes que hacer es sujetarlas —le dijo—. Los poneys conocen el camino de regreso.

En aquel instante los caballos tocaron sus belfos y relincharon.

—¡Sujétalos, Laura! ¡Sujétalos! —gritó Lena.

Laura apuntaló los pies y se asió a las riendas con todas sus fuerzas. Comprendía que los caballos no se proponían causar ningún daño. Corrían porque deseaban correr entre el viento: estaban haciendo lo que deseaban. Sujetó las riendas y gritó:

—¡Jipi, jipi, jipi ye!

Había olvidado el cesto de ropa y Lena también. Durante todo el camino de regreso atravesando la pradera fueron gritando y cantando y los caballos corriendo, trotando y volviendo a correr. Cuando se detuvieron junto a las cabañas para soltar y sujetar a los poneys, descubrieron que todas las prendas limpias de la parte superior del cesto estaban por el suelo de la calesa, bajo los asientos.

Sintiéndose culpables las amontonaron y alisaron y arrastraron el pesado cesto a la cabaña donde tía Docia y Mamá estaban preparando la mesa para comer.

—Parece que os castañetean los dientes —comentó tía Docia—. ¿Os ha sucedido algo?

—Nada: sólo hemos ido a recoger la ropa —repuso Lena.

Aquella tarde aún fue más emocionante que la mañana. En cuanto hubieron lavado los platos, Lena y Laura corrieron a reunirse con los caballos. Jean se había marchado en uno de ellos y corría por la pradera.

—¡No es justo! —chilló Lena.

El otro poney galopaba formando círculos, sujeto a la cuerda que le ataba al poste. Lena le asió por las crines, le soltó y montó de un salto en pos del poney que cabalgaba su hermano.

Laura se quedó mirando a Lena y a Jean que corrían formando círculos, gritando como indios. Se inclinaban sobre sus monturas, con los cabellos al viento, asiéndose con las manos a las negras crines y aferrándose con las atezadas piernas a los flancos del animal. Los poneys se encorvaban persiguiéndose entre sí por la pradera como los pájaros en el cielo. Laura no se hubiera cansado jamás de observarlos.

Los animales llegaron galopando y se detuvieron junto a ella y Lena y Jean se apearon de un salto.

—Vamos, Laura —dijo Lena generosa—. Puedes montar en el poney de Jean.

—¿Quién dice eso? —protestó Jean—. ¡Déjala subir en tu caballo!

—Será mejor que te comportes o diré que trataste de asustarnos anoche —le amenazó Lena.

Laura se asió a las crines del poney, pero el animal era mucho más grande que ella y su lomo estaba muy alto.

—No sé si podré —dijo Laura—, no he montado nunca a caballo.

—Yo te ayudaré —repuso su prima.

Sujetó al animal por el copete con una mano, se inclinó y puso la otra mano para que Laura se apoyase en ella.

El poney de Jean parecía mayor por momentos. Era tan grande y tan fuerte como para matar a Laura si se lo proponía, y tan alto que se rompería los huesos si caía de él. Laura sentía tanto miedo a cabalgarlo que se propuso intentarlo.

Se apoyó en la mano de Lena y trepó hasta la cálida, resbaladiza y móvil masa del animal mientras su prima la empujaba. Luego pasó

una pierna por su lomo y todo comenzó a moverse rápidamente. Oyó
de modo confuso que Lena le decía:

—¡Sujétate a sus crines!

Así lo hizo. Se agarró a la espesa maraña con todas sus fuerzas
sujetándose con codos y rodillas al animal, pero sufría tantas sacudidas
que no podía pensar. El suelo estaba tan lejos que no se atrevía a mi-
rarlo. A cada instante creía que iba a caer, mas antes de que así fuera
se inclinaba hacia el otro lado y el traqueteo hacía castañetear sus
dientes.

—¡Sujétate, Laura! —oyó gritar a Lena a lo lejos.

Luego todo se tranquilizó convirtiéndose en un suave y ondulante movimiento, un movimiento que le era transmitido por el poney y les mantenía navegando sobre olas por los aires. Laura, con los ojos muy abiertos, veía deslizarse las hierbas hacia atrás, a sus pies, y también las ondulantes crines del poney y sus manos asiéndose a ellas con fuerza. El animal y ella avanzaban demasiado deprisa, pero marchaban como una melodía y nada podía sucederle a ella hasta que la música se detuviese.

El poney cabalgado por Lena llegó a su lado. Laura quería preguntarle cómo detenerse sin dificultades, mas no pudo hablar. Veía las cabañas a lo lejos y sabía que en cierto modo los poneys habían regresado hacia el campamento. Entonces comenzaron de nuevo las sacudidas, luego se detuvieron y se encontró sentada en el lomo del animal.

—¿Verdad que es divertido? —le dijo su prima.

—¿Por qué traquetea de ese modo? —preguntó Laura.

—Porque va al trote. Si no quieres que lo haga, debes ponerlo al galope. Grítale como yo lo hago. Vamos, marchemos un rato así, ¿lo deseas?

—Sí —repuso Laura.

—De acuerdo, sujétate bien. ¡Vamos, grita!

Fue una tarde maravillosa. Laura cayó en dos ocasiones, una de ellas se golpeó en la nariz con la cabeza del animal y sangró, pero no llegó a soltarse de las crines. Se le despeinaron los cabellos, enronqueció de tanto reír y gritar y se le arañaron las piernas de correr entre las punzantes hierbas y tratar de saltar sobre el poney cuando estaba corriendo. Casi lo conseguía, pero no del todo, y ello la enfurecía. Lena y Jean obligaban siempre a correr a los caballos y luego montaban en ellos de un salto. Competían entre sí desde el suelo, tratando de ver quién montaba antes y llegaba a determinado lugar.

No oyeron a tía Docia cuando les llamó para cenar. Luego salió Papá y gritó: «¡A cenar!» Cuando entraban en la casa Mamá miró a Laura muy sorprendida y dijo suavemente:

—Realmente, Docia, no imaginaba que Laura pudiese parecerse tanto a un indio salvaje.

—Lena y ella están hechas buenas —repuso tía Docia—. En fin, Lena no había pasado una tarde a su gusto desde que llegamos aquí y no disfrutará de otra hasta que concluya el verano.

Capítulo Siete

COMIENZA EL OESTE

A temprana hora de la mañana siguiente estaban de nuevo en la carreta que, como no había sido descargada, ya estaba dispuesta para partir.

En el campamento sólo quedaba la cabaña de tía Docia. Sobre las hierbas peladas y los calveros donde estuvieron las restantes cabañas, los topógrafos tomaban medidas y clavaban estacas para construir un nuevo poblado.

—Nosotros nos iremos en cuanto Hi solucione sus asuntos —dijo tía Docia.

—¡Nos veremos en el lago de Plata! —le dijo Lena a Laura mientras Papá arreaba a los caballos y comenzaban a girar las ruedas.

El sol brillaba con fuerza sobre la carreta descubierta, pero el viento era fresco y la marcha resultaba agradable. Aquí y acullá se encontraban con hombres trabajando en los campos y de vez en cuando pasaba una carreta con su tronco de caballos.

En breve la carretera descendió por una curva a través del ondulante terreno.

—Ahí adelante tenemos el río Gran Sioux —dijo Papá.

Laura comenzó a describir en voz alta a Mary cuanto veía.

—La carretera desciende hacia la orilla del río, pero no hay árboles. Sólo se ve el cielo, la tierra cubierta de hierba y un riachuelo. A veces el río se hace más ancho, pero ahora está casi seco y no es mayor que el Plum. Gotea de charca en charca, serpenteando por trechos de guijarros y agrietadas zonas de barro seco. Ahora los caballos se detienen a beber.

—Bebed copiosamente —les dijo Papá a los animales—. No habrá más agua durante treinta millas.

Más allá del reseco río el terreno herbáceo formaba curva tras curva y la carretera se convertía en una especie de gancho.

—La carretera se abre entre la hierba y se interrumpe bruscamente. Y ahí concluye —dijo Laura.

—No puede ser —protestó Mary—. La carretera sigue hasta el lago de Plata ininterrumpidamente.

—Ya lo sé —repuso Laura.

—Bueno, pues entonces creo que no deberías decir esas cosas —la reprendió Mary suavemente—. Hemos de ser siempre muy cuidadosos con lo que decimos.

—Estaba diciendo lo que pensaba —protestó Laura.

Pero no podía explicárselo. Había muchos modos de ver las cosas y otros muchos de describirlas.

Más allá del Gran Sioux no se veían ya más campos, casas ni personas. En realidad, no había carretera, sólo un confuso camino de carros, y tampoco nivelaciones de ferrocarril. Aquí y acullá Laura distinguía una hilera de estacas pequeñas, casi ocultas entre las hierbas. Papá le explicó que las habían puesto los topógrafos para señalar el tendido de la vía, que aún no se había comenzado.

—Este terreno es como una inmensa pradera, que se extiende hasta el infinito en todas direcciones, hasta el mismo fin del mundo —le explicó Laura a Mary.

Las infinitas oleadas de florecientes hierbas bajo un cielo sin nubes le producían una sensación que no sabía expresar. No podía decir lo que sentía. Todos ellos en la carreta, la propia carreta, el tiro de caballos e incluso Papá parecían pequeños.

Durante toda la mañana Papá condujo ininterrumpidamente por el confuso camino de carros sin que se produjese ninguna alteración. Cuanto más se adentraban en el Oeste, más pequeños parecían y menos sensación tenía de que fueran a lugar alguno. El viento agitaba la hierba constantemente con la misma ondulación, los cascos de los caballos y las ruedas que circulaban sobre la hierba producían siempre el mismo sonido. La vibración del asiento de madera era siempre idéntico. Laura pensó que podrían seguir así eternamente y, sin embargo, permanecer en aquel lugar inmutable y que ni siquiera sabrían dónde se encontraban.

Sólo el sol se movía. Sin que lo pareciese en ningún momento, el sol se desplazaba firmemente hacia lo alto del cielo. Cuando estuvo sobre sus cabezas se detuvieron para dar de comer a los caballos y almorzar sobre la fresca hierba.

Era agradable descansar en el suelo tras cabalgar toda la mañana. Laura pensó en las múltiples veces que habían comido en un descampado mientras viajaban desde Wisconsin al territorio indio y de Minnesota. Ahora se encontraba en el territorio de Dakota, en dirección al lejano Oeste. Pero era distinto de las otras veces, no sólo porque no llevaban la lona en la carreta ni camas en ella, sino por otra razón. Laura no sabía explicarlo, pero aquella pradera era diferente.

—Papá —dijo—, cuando encuentres la hacienda, ¿será igual que la que teníamos en territorio indio?

Papá pensó unos momentos antes de responder.

—No —dijo finalmente—. Es una región distinta. No puedo decirte por qué exactamente, pero esta pradera es diferente. La siento diferente.

—Es natural —razonó Mamá—. Estamos al oeste de Minnesota y al norte del territorio indio, de modo que, naturalmente, flores y hierbas no son las mismas.

Mas no era eso lo que Papá y Laura querían decir. En realidad, casi no existia diferencia alguna en las flores y las hierbas. Allí había algo más que no se encontraba en ningún otro lugar: una enorme tranquilidad que le hacía sentirse a uno en paz. Y cuando uno se sentía en paz, advertía la proximidad de un gran sosiego.

Hasta los menores sonidos de la floreciente espesura y de los caballos que pastaban y revolvían en sus morrales en la parte posterior de la carreta, e incluso los sonidos que ellos mismos producían hablando y comiendo no incidían el enorme silencio de aquella inmensidad.

Papá les hablaba de su nuevo trabajo: sería el jefe de almacén y calcularía las remuneraciones de los trabajadores en el campamento del lago de Plata. Dirigiría el almacén, anotaría religiosamente en sus libros los cargos de cada empleado y sabría exactamente cuánto se les debería por su trabajo una vez deducido el importe de sus cuentas y sus gastos de hospedaje. Eso era lo que tenía que hacer y por ello percibiría cincuenta dólares mensuales.

—Y lo mejor de todo, Caroline, somos de los primeros que hemos llegado aquí —dijo—. Podremos escoger la flor y nata de la tierra para nuestra hacienda. ¡Por San Jorge, al fin ha llegado nuestra oportunidad! Primera opción para hallar un nuevo terreno y cincuenta dólares mensuales que aprovecharemos todo el verano.

—¡Es maravilloso, Charles! —repuso Mamá.

Pero todas aquellas charlas no significaban nada ante el enorme silencio de la pradera.

Prosiguieron su camino durante toda la tarde, milla tras milla, sin distinguir casa alguna ni rastro de gente en ningún momento, sin ver otra cosa que pastos y cielo. El sendero que seguían estaba señalado únicamente por tallos doblados y rotos.

Laura vio las antiguas rutas de los indios y los senderos de los búfalos profundamente marcados en el suelo y en los que había crecido de nuevo la hierba. Se encontraron con grandes concavidades, de paredes rectas y fondo liso, en las que se habían revolcado aquellos animales y donde rebrotaban las hierbas. Ella no había visto jamás un búfalo, y Papá le dijo que no era probable que llegase a verlos. Hasta hacía poco inmensos rebaños de miles de búfalos habían pastado en aquella región. Constituían el ganado de los indios y los blancos los habían exterminado totalmente.

Ahora la pradera se extendía a ambos lados hasta la lejana y despejada línea del horizonte. El viento soplaba constantemente agitando las altas hierbas tostadas por el sol. Y durante toda la tarde, mientras Papá seguía su marcha, estuvo cantando o silbando alegremente. La canción que más solía repetir era:

> *Oh, venid a este país*
> *y no sintáis temor,*
> *porque Tío Sam es muy rico*
> *y nos dará una hacienda!*

Incluso la pequeña Grace se unía al coro, aunque sin molestarse en seguir la tonada.

> *¡Oh, venid, venid,*
> *venid os digo!*
> *¡Venid, venid!*
> *¡Venid enseguida!*
> *¡Oh, venid a este país*
> *y no sintáis ningún temor,*
> *Tío Sam es muy rico*
> *y nos dará una hacienda!*

El sol descendía por el Oeste cuando un jinete apareció en el horizonte, tras la carreta, y fue en pos suyo, no muy deprisa, pero aproximándose cada vez más, milla tras milla, mientras el sol descendía lentamente.

—¿Cuánto falta para llegar al lago de Plata, Charles? —preguntó Mamá.

—Unas diez millas —repuso Papá.

—No vive nadie por aquí, ¿verdad?

—No —respondió Papá.

Mamá no añadió nada más ni tampoco los demás. Siguieron mirando sigilosamente hacia atrás y, cada vez que observaban, el jinete estaba más cerca. Era indudable que les estaba siguiendo y que no se proponía alcanzarles hasta que se pusiera el sol. El sol estaba tan bajo que todos los huecos existentes entre las ondulaciones de la pradera baja se veían llenos de sombras.

Cada vez que Papá se volvía a mirar, hacía un leve movimiento con la mano restallando las riendas para que los caballos se apresurasen, pero ningún tronco de animales podía arrastrar una carreta cargada con tanta rapidez como cabalgar un hombre solo.

El desconocido estaba ya tan cerca que Laura podía distinguir las dos pistolas que llevaba en sendas fundas de cuero en las caderas. Se calaba el sombrero en los ojos y un pañuelo rojo de hierbas rodeaba flojamente su cuello.

Papá había llevado consigo su rifle al Oeste, pero ahora no se encontraba en la carreta. Aunque Laura se preguntaba dónde estaría, no dijo nada a su padre.

Miró de nuevo hacia atrás y vio aproximarse a otro jinete montado en un caballo blanco. El hombre llevaba camisa roja. Él y su montura se veían lejanos y pequeños, pero se acercaban rápidamente al galope. Alcanzaron al primer jinete y ambos prosiguieron juntos su camino.

—Ahora son dos hombres, Charles —dijo Mamá en voz baja.

Papá miró rápidamente hacia atrás y luego pareció tranquilizarse.

—Todo está en orden —respondió—: es Big Jerry.

—¿Quién es Big Jerry? —se interesó Mamá.

—Un mestizo indio-francés —repuso Papá con despreocupación—. Un tahúr y, según algunos, un ladrón de caballos, pero también un tipo estupendo: Big Jerry no permitiría que nadie nos tendiera una emboscada.

Mamá le miró sorprendida. Abrió y cerró la boca, pero no dijo nada.

Los jinetes llegaban junto a la carreta. Papá levantó la mano y saludó:

—¡Hola, Jerry!

—¡Hola, Ingalls! —respondió Big Jerry.

Su compañero les dirigió una insidiosa mirada y siguió galopando hacia adelante, pero Big Jerry permaneció junto a la carreta.

Parecía indio. Era alto y corpulento, aunque no tenía un gramo de grasa, y su delgado rostro era muy atezado. Llevaba una camisa de un rojo encendido y su negra y lisa cabellera pendía contra sus mejillas lisas y de pronunciados pómulos. Iba con la cabeza descubierta. Su caballo, blanco como la nieve, no tenía bridas ni silla: el animal estaba libre, podía ir adonde quisiera y deseaba ir con Big Jerry doquiera que él fuese. Caballo y hombre se movían juntos como si fueran una sola cosa.

Estuvieron junto a la carreta sólo un momento. Luego se adelantaron en uniforme y hermosa carrera descendiendo a una pequeña hondonada que remontaron alejándose en dirección al resplandeciente y redondo sol que se encontraba en el extremo más alejado hacia el Oeste. La encendida y roja camisa y el caballo blanco se desvanecieron en la radiante luz dorada.

Laura profirió un suspiro.

—¡Oh, Mary! El caballo era blanco como la nieve y el hombre alto y moreno, con negra cabellera y una camisa de intenso rojo. Les rodeaba la pradera por todas partes y cabalgaban hacia el sol que se iba poniendo. Seguirán al sol alrededor del mundo.

Mary permaneció pensativa unos momentos. Luego dijo:

—Laura, sabes perfectamente que no puede seguir al sol. Sólo cabalga por la tierra como todo el mundo.

Pero Laura no creía haber mentido. Lo que había dicho era verdad. En cierto modo, aquel momento en que el hermoso y libre caballo y el hombre salvaje cabalgaban hacia el sol duraría eternamente.

Mama aún temía que el otro desconocido pudiera estar acechando en algún lugar para robarles, mas Papá le dijo:

—¡No te preocupes! Big Jerry se ha adelantado para ir en su busca y quedarse con él hasta que lleguemos al campamento: Jerry cuidará de que nadie nos moleste.

Mamá se volvió a comprobar que las niñas estaban perfectamente y acomodó a Grace en su regazo. No dijo nada porque no podía hallar argumentos que estableciesen diferencia alguna, pero Laura sabía que Mamá nunca había querido dejar el río Plum y que no le agradaba encontrarse allí en aquellos momentos; no le gustaba viajar por aquel país solitario cuando llegaba la noche y con tales hombres cabalgando por la pradera.

Del descolorido cielo llegaban las salvajes llamadas de los pájaros. Líneas cada vez más oscuras surgían en el aire azul pálido, sobre sus cabezas, líneas rectas de patos y grandes arcos voladores de gansos silvestres. Los cabecillas llamaban a sus bandas para que les siguieran y cada pájaro respondía a su vez. En todo el cielo vibraban voces de «¿Honk? ¡Honk, honk! ¿Cuack? ¡Cuack, cuack!»

—Vuelan bajo —observó Papá—. Descienden para pasar la noche en los lagos.

Más adelante estaban los lagos. El lago de Plata era una tenue línea plateada en el mismo límite del cielo y al sur se distinguían los breves resplandores de los lagos Gemelos, Henry y Thompson. Entre ellos aparecía una pequeña mancha oscura como una burbuja, que era el Árbol Solitario. Papá les dijo que era un inmenso chopo de Virginia, el único árbol que verían entre los ríos Gran Sioux y Jim. Surgía en una pequeña elevación de terreno no más amplia que una carretera, entre los lagos Gemelos, y era tan grande porque llegaba el agua a sus raíces.

—Reuniremos algunas semillas para plantarlas en nuestra hacienda —dijo—. Desde aquí no puede verse el lago Spirit, se halla a nueve millas al noroeste del lago de Plata. Ya verás, Caroline, qué país de hermosa caza es éste. Con agua abundante y buen terreno para alimentar a las aves silvestres.

—Sí, ya lo veo, Charles.

El sol se hundió en el horizonte, como un círculo de luz clara y vibrante se sumergió entre nubes carmesíes y plateadas. Sombras de fría púrpura surgieron por el este, deslizándose lentamente en la pradera y luego se elevaron entre las negras alturas donde destellaban las estrellas, bajas y brillantes.

El viento, que durante todo el día había soplado fuertemente, amainó con el sol y se introdujo susurrante entre las altas hierbas. La tierra parecía dormir respirando con suavidad entre la noche estival.

Papá siguió conduciendo ininterrumpidamente bajo las estrellas. Los cascos de los caballos golpeaban quedamente el herboso suelo. Lejos, muy adelante, unas diminutas luces horadaban la oscuridad: eran las luces del campamento del lago de Plata.

—No hace falta ver el camino durante las próximas ocho millas —le explicó Papá a Mamá—, basta con dirigirse hacia las luces. Entre nosotros y el campamento sólo existe la llanura y el aire.

Laura estaba cansada y tenía frío. Las luces se veían muy lejos y después de todo podían ser estrellas. La noche era un resplandor estrellado. Cerca de sus cabezas, debajo y por todas partes, brillaban formando dibujos en la oscuridad. Las altas hierbas crujían contra las ruedas de la carreta en su avance aplastándose contra las ruedas que no dejaban de avanzar.

De pronto Laura abrió sobresaltada los ojos. Se encontraban ante una puerta abierta por la que brotaba la luz. Y entre el resplandor de la lámpara llegaba la risa de tío Henry. Así debía ser la casa de tío Henry en los Grandes Bosques cuando Laura era pequeña, porque allí era donde él se encontraba.

—¡Henry! —gritó Mamá.

—¡Qué sorpresa, Caroline! —exclamó Papá—. Creo que no pensé en decirte que encontrarías aquí a Henry.

—Confieso que estoy muy sorprendida —dijo Mamá.

Y entonces apareció un hombre corpulento riendo ante ellos, y era primo Charley. Era el muchacho grandote que había molestado a tío

Henry y a Papá en el campo de avena y al que arañaron miles de aristas amarillas.

—¡Hola, Media Pinta! ¡Hola, Mary! ¡Y aquí está Carrie, ya toda una mujer! ¿Has dejado de ser un bebé, eh?

Primo Charley les ayudó a apearse de la carreta mientras tío Henry cogía a Grace y Papá ayudaba a Mamá a bajar sobre la rueda y aparecía prima Luisa hablando bulliciosa y conduciéndoles a todos dentro de la cabaña.

Prima Luisa y Charley estaban ya muy crecidos. Ellos llevaban los comedores y guisaban para los hombres que trabajaban en la vía. Pero los hombres hacía ya mucho rato que habían cenado y todos estaban durmiendo en la cabaña destinada a dormitorio. Prima Luisa hablaba de todo esto mientras servía la cena que había mantenido caliente en el horno.

Después de cenar, tío Henry encendió una linterna y les condujo a la casa que los hombres habían construido para Papá.

—Es de madera nueva, Caroline, limpia y nueva como un silbido —dijo tío Henry levantando la linterna para que pudieran apreciar los muros de madera nueva y las literas que se apoyaban contra ellos.

A un lado había una litera para Mamá y Papá y, en el otro, dos más estrechas, una encima de la otra, para Mary y Laura y Carrie y Grace. Las camas ya estaban hechas: prima Luisa había cuidado de ello.

En un abrir y cerrar de ojos Laura y Mary dormían abrazadas en colchones de paja fresca con las sábanas y colchas subidas hasta el cuello y Papá apagaba la linterna.

Capítulo Ocho

EL LAGO DE PLATA

A la mañana siguiente el sol aún no había aparecido cuando Laura hundía el cubo en un manantial poco profundo próximo al lago de Plata. Más allá de la costa oriental del lago el pálido cielo estaba circundado de franjas carmesíes y doradas. Su resplandor se extendía en torno a la costa sur y destellaba sobre el alto ribazo que se remontaba de las aguas por el este y el norte.

Aún quedaban sombras nocturnas al noroeste, pero el lago se extendía como una lámina plateada enmarcada por altas hierbas silvestres.

Los patos graznaban entre la densa espesura del sudoeste, donde comenzaba la Gran Ciénaga. Las gaviotas volaban chillando, agitando sus alas contra el viento del amanecer. Un ganso silvestre surgió de las aguas profiriendo una penetrante llamada y unos tras otros los pájaros de su bandada le respondieron al tiempo que se levantaban y le seguían.

El enorme triángulo de gansos silvestres emprendió el vuelo remontándose con un enérgico batir de alas hacia el glorioso amanecer.

Rayos de luz dorada surgieron cada vez más arriba por oriente, hasta que su brillo alcanzó las aguas reflejándose en ellas.

Luego el sol, como una bola redonda, rodó sobre el límite oriental del mundo.

Laura suspiró profundamente. Se apresuró a subir el cubo de agua y lo transportó a toda prisa hacia la casa. La nueva cabaña permanecía solitaria junto a las orillas del lago, al sur del puñado de viviendas que constituían el campamento de los ferroviarios. A la luz del sol tenía un brillo dorado: era una casita casi perdida entre la espesura, cuyo techo se inclinaba hacia un lado únicamente, como si sólo fuese media casa.

—¡Estábamos esperando el agua, Laura! —le dijo Mamá cuando entraba en la casa.

—¡Oh, Mamá! ¡Si hubieras visto la salida del sol! —exclamó ella—. No pude resistirme a contemplarla.

Se apresuró a ayudar a su madre a preparar el almuerzo y, mientras lo hacía, le explicó cómo aparecía el sol tras el lago de Plata, inundando el cielo de maravillosos colores mientras las bandadas de aves silvestres lo oscurecían con su vuelo, miles de patos cubrían prácticamente las aguas y las grullas volaban gritando contra el viento.

—Las he oído —dijo Mary—. Semejante estrépito parecía un manicomio. Ya comprendo: cuando hablas, creas imágenes, Laura.

Mamá también sonrió a Laura, pero se limitó a decir:

—Bien, muchachas, nos espera una jornada muy ajetreada.

Y distribuyó el trabajo.

Todos sus paquetes debían ser desembalados y la cabaña aseada antes de mediodía. Las camas de la prima Luisa tenían que ser ventiladas y devueltas y los colchones de marga de Mamá rellenados de heno fresco. Entretanto su madre trajo del almacén de la compañía metros de percal de vivos estampados para cortinas. Hizo una y la colgaron dividiendo la cabaña y ocultando detrás las literas. Luego hizo otra que colgó entre las literas de modo que se convirtieron en dos dormitorios: uno para ella y para Papá y el otro para las niñas. La cabaña era tan pequeña que las cortinas rozaban los lechos, pero cuando estuvieron preparados con los colchones de Mamá y las colchas de plumas y retales, todo parecía nuevo, radiante y limpio.

Entonces ante las cortinas quedó el espacio donde debían vivir. Era muy reducido, con la cocina económica al final, junto a la puerta. Mamá y Laura colocaron la mesa de alas abatibles adosada a una pared, ante la puerta principal, e instalaron las mecedoras de Mary y de Mamá en el extremo opuesto de la habitación. El suelo era de tierra, en la que aparecían las prominencias de las obstinadas raíces de las hierbas, pero lo barrieron y lo dejaron limpio. Corría un suave viento desde la puerta abierta y la cabaña resultaba muy agradable y hogareña.

—Es otra clase de casa de la pradera, con sólo medio techo y sin ventana —dijo Mamá—. Pero su cubierta es sólida y no necesitamos ventanas, pues entra mucho aire y mucha luz por la puerta.

Cuando Papá llegó a cenar le agradó mucho ver todo tan bien instalado y dispuesto. Pellizcó la oreja de Carrie y balanceó a Grace en sus brazos: no podía lanzarla por los aires con aquel techo tan bajo.

—¿Dónde está la pastorcilla de porcelana, Caroline? —se interesó.

—No la he desembalado, Charles —dijo Mamá—. No vamos a permanecer aquí; sólo nos quedaremos hasta que consigas nuestra hacienda.

Papá se echó a reír.

—Me sobrará tiempo para buscar la más adecuada —respondió—. Fíjate en esa inmensa pradera sin nadie más en ella que los ferroviarios que partirán antes de que llegue el invierno. Podemos escoger la mejor de las tierras.

—Después de cenar, Mary y yo iremos a dar un paseo para ver el campamento, el lago y todo lo demás —dijo Laura.

Tomó el cubo del agua y salió con la cabeza descubierta a buscar agua fresca del pozo para cenar.

El viento soplaba fuerte e insistente. No se veía ninguna nube en el inmenso cielo y a lo ancho y largo del vasto territorio sólo se distinguía la trémula luz que se filtraba por las hierbas. Y el viento traía el sonido de muchas voces masculinas que cantaban.

Las recuas de animales iban llegando al campamento formando una larga y oscura línea serpenteante a medida que se acercaban a la pradera. Los caballos se afanaban uno junto a otro en sus arneses y los hombres marchaban con las cabezas descubiertas y los brazos desnudos, curtidas sus pieles, luciendo las camisas a rayas azules y blancas, grises y azul claro, cantando todos ellos la misma canción.

Era como un pequeño ejército que atravesara el vasto territorio bajo el enorme cielo vacío y la canción constituía su estandarte.

Laura permaneció mirando y escuchando entre el fuerte viento hasta que el fin de la columna se incorporó a la multitud que se reunía y extendía en torno a las bajas cabañas del campamento y la canción se confundió entre el sonido de sus potentes voces. Entonces recordó el cubo de agua que llevaba en la mano. Lo llenó lo más rápidamente posible en el pozo y regresó corriendo, derramando su contenido por sus piernas desnudas en su apresuramiento.

—Me he quedado a ver... los tiros de caballos que llegaban al campamento —jadeó—. ¡Eran tantos, Papá! Y todos los hombres iban cantando.

—Vamos, Polvorilla, recobra la respiración —repuso Papá riendo—. Cincuenta troncos de caballos y setenta y cinco u ochenta hombres constituyen un campamento reducido. Tendrías que ver el campamento de Stebbins al oeste de aquí, con doscientos hombres y sus correspondientes tiros.

—Charles —dijo Mamá.

Era bien sabido lo que Mamá quería decir cuando se expresaba con tanta suavidad.

—Charles.

Pero en aquella ocasión todas las niñas y Papá la miraron sorprendidos.

Mamá movió ligeramente la cabeza dirigiéndose a Papá.

Entonces él miró directamente a Laura y le dijo:

—Quiero que os mantengáis lejos del campamento. Cuando salgáis de paseo, no os aproximéis donde trabajan los hombres y guardaos mucho de regresar antes de que ellos vuelvan de noche. Hay muchos tipos rudos trabajando en el nivelado de la vía, que utilizan un lenguaje muy grosero, y cuanto menos les veáis y oigáis, mejor. No lo olvides, Laura, y tampoco tú, Carrie.

Papá se había expresado con mucha gravedad.

—Sí, Papá —prometió Laura.

Y Carrie murmuró:

—Sí, Papá.

La pequeña tenía muy abiertos los ojos y expresión asustada. No quería oír palabras groseras, fuese ello lo que fuese. A Laura sí que le hubiese gustado oírlas aunque sólo fuese una vez, pero desde luego debía obedecer a Papá.

De modo que cuando aquella tarde salieron a dar su paseo se alejaron de las cabañas y pasearon junto a la orilla del lago en dirección a la Gran Ciénaga.

El lago se encontraba a su izquierda rielando a la luz del sol. Pequeñas olas plateadas se levantaban y caían lamiendo la orilla mientras el viento rizaba las azules aguas. La orilla era baja, pero firme y seca, y crecían pequeñas hierbas en el borde de las aguas. Al otro lado del resplandeciente lago, Laura podía distinguir los ribazos de la parte este y sur levantándose tan altos como ella. Una pequeña charca lindaba con el lago por el noreste y la Gran Ciénaga se adentraba hacia el sudoeste, en una larga curva de altas hierbas.

Laura, Mary y Carrie paseaban lentamente por la verde costa junto a la ondulante superficie azul-plateada, en dirección a la Gran Ciénaga. La vegetación era cálida y suave en contacto con sus pies. El viento agitaba sus faldas contra sus piernas desnudas y despeinaba los cabellos de Laura. Mary y Carrie llevaban firmemente atados sus sombreros bajo las barbillas, pero el de Laura pendía de sus cintas. Millones de susurrantes tallos componían un murmullo constante, y miles de patos, gansos, grullas, garzas y pelícanos graznaban chillones y descarados al viento.

Todas aquellas aves se alimentaban entre la espesura de las ciénagas. Alzaban el vuelo agitando las alas y volvían a posarse, informándose unas a otras entre las plantas y aliméntandose afanosamente de raíces, tiernas plantas acuáticas y pececillos.

La orilla del lago descendía cada vez más hacia la Gran Ciénaga

hasta desaparecer totalmente. El lago se confundía con las aguas formando pequeños charcos rodeados por fuertes, rígidas y exuberantes hierbas que crecían hasta alcanzar cinco y seis pies de altura. Pequeñas charcas brillaban entre ellas y en las aguas abundaban las aves silvestres.

A medida que Laura y Carrie se abrían paso por la ciénaga, surgían repentinamente fuertes alas desplegándose hacia lo alto, aparecían ojos redondos y brillantes y todo el aire estallaba en un estrépito de graznidos diversos. Alisando las palmeadas patas bajo sus colas, patos y ocas corrían por encima del prado y se lanzaban a las siguientes charcas.

Laura y Carrie permanecían inmóviles. Las hierbas de gruesos tallos de la ciénaga se levantaban sobre sus cabezas y producían un denso fragor entre el viento. Sus pies descalzos se hundían lentamente en el fango.

—¡Oh, qué blando está todo esto! —exclamó Mary retrocediendo rápidamente.

No le agradaba ensuciarse los pies de barro.

—¡Vuelve atrás, Carrie! —gritó Laura—. ¡Vas a ensuciarte! ¡El lago está aquí, entre las hierbas!

El suave y frío fango le llegaba hasta los tobillos y delante suyo resplandecían los charquitos. Hubiera deseado seguir adelante y adentrarse en la ciénaga entre las aves salvajes, pero no podía dejar a Marie y Carrie. De modo que regresó con ellas a la firme y alta pradera donde las hierbas le llegaban hasta la cintura y se inclinaban a merced del viento y la corta grama crecía a trechos.

Por las orillas de la ciénaga recogieron lirios atigrados de llameante rojo y en terreno más elevado encontraron largos tallos de agapantos violetas. Los saltamontes corrían como rocío ante sus pies entre la espesura. Toda clase de pajarillos se agitaban, volaban y gorjeaban abalanzándose entre el viento sobre los altos e inclinados tallos de hierba, y las aves de la pradera corrían por doquier.

—¡Oh, qué hermosa y agreste pradera! —suspiró Mary feliz—. ¿Llevas el sombrero puesto, Laura?

Con aire culpable, Laura se colocó el sombrero que pendía de las cintas en su espalda.

—Sí, Mary —dijo.

—¡Acabas de ponértelo! —rió su hermana—. ¡Lo he oído!

Regresaron a última hora de la tarde. La pequeña cabaña, con su techo inclinado a un lado, se levantaba solitaria y diminuta en las orillas del lago de Plata. Su madre aparecía solitaria y menuda en la puerta y se protegía los ojos con la mano tratando de verlas. La saludaron con la mano.

Ante ellas se extendía todo el campamento, diseminado a lo largo de la costa norte del lago. En primer término se encontraba el almacén donde Papá trabajaba, con el gran depósito de provisiones detrás, luego el establo para los troncos de caballos, construido en una depresión del terreno y con el techo cubierto de bálago, detrás estaba la cabaña donde dormían los hombres y, más allá, otra cabaña destinada a comedor, que regentaba prima Luisa, por cuya chimenea se remontaba ya el humo mientras preparaba la cena.

Por vez primera, Laura distinguió una casa, una casa de verdad, que se alzaba solitaria en la orilla norte del lago.

—Me pregunto qué casa será ésa y quién vivirá en ella —dijo—. No es una hacienda porque no hay establos ni se ve terreno arado.

Había descrito a Mary todo cuanto veía y ésta le respondió:

—¡Qué lugar más bonito con las cabañas nuevas y limpias, el prado y el agua! No vale la pena preocuparse por esa casa: Papá nos hablará de ella. Aquí llega otra bandada de patos.

Una tras otra estas aves y largas hileras de gansos silvestres descendían del cielo y se instalaban para pasar la noche en el lago. Y los hombres formaban una barahúnda de voces mientras llegaban de su trabajo. De nuevo en la puerta de la cabaña, Mamá aguardaba a que llegaran junto a ella, saludables por el aire fresco y el sol y con brazadas de lirios atigrados y agapantos violetas.

Carrie puso el gran ramo en un jarro de agua mientras Laura preparaba la mesa para cenar. Mary se sentó en su mecedora con Grace en su regazo y le habló de los patos que graznaban en la Gran Ciénaga y de las grandes bandadas de gansos silvestres que acudían a dormir al lago.

Capítulo Nueve

CUATREROS

Una noche, cuando cenaban, Papá apenas decía palabra limitándose a responder a sus preguntas.

—¿Estás bien, Charles? —le preguntó Mamá por fin.

—Perfectamente, Caroline —repuso Papá.

—¿Qué sucede entonces? —insistió ella.

—Nada —dijo Papá—, nada que deba preocuparte. Verás, lo cierto es que los muchachos tienen orden de salir esta noche en busca de los ladrones de caballos.

—Eso es cosa de Hi —dijo Mamá—, espero que dejes que se ocupe de ello.

—No te preocupes, Caroline —respondió Papá.

Laura y Carrie se miraron y luego miraron a Mamá.

—Preferiría que no tuvieras que ver con ello, Charles —dijo Mamá dulcemente al cabo de unos momentos.

—Big Jerry ha estado en el campamento —prosiguió él—. Estuvo aquí una semana y luego marchó. Los muchachos creen que pertenece a la banda de cuatreros. Dicen que cada vez que Big Jerry visita un campamento, cuando se marcha desaparecen los mejores caballos. Piensan que permanece el tiempo necesario para escoger los mejores tiros e informarse de los establos en que se encuentran y luego regresa de noche con su banda y se los lleva en medio de la oscuridad.

—Siempre te he oído decir que no se podía confiar en un mestizo —dijo Mamá.

A Mamá no le gustaban los indios, ni siquiera los semiindios.

—Nos habrían arrancado el cuero cabelludo a todos en el río Verdigris si no hubiera sido por un pura raza —respondió Papá.

—No hubiéramos corrido ese peligro si no hubiera sido por aquellos escandalosos salvajes —objetó ella—, con sus pieles de mofeta sin curtir en la cintura.

Y profirió un resoplido de desagrado al recordar las pestilentes pieles.

—No creo que Jerry robe caballos —prosiguió Papá.

Pero Laura pensaba que él lo decía así para que fuese realidad.

—El verdadero problema consiste en que se presenta en el campamento tras el día de pago y les gana el dinero a los muchachos jugando al póker: por esa razón algunos quisieran matarlo.

—Me pregunto cómo lo permite Hi —dijo Mamá—. Si existe algo tan malo como la bebida, es el juego.

—No tienen por qué jugar si no lo desean, Caroline —repuso Papá—. Si Jerry les gana el dinero, es culpa suya. Nunca ha habido persona más buena que Big Jerry. Se quitaría la camisa para dársela a otro. Fíjate cómo cuida del viejo Johnny.

—Eso es cierto —reconoció Mamá.

El viejo Johnny era el encargado del agua. Un viejecito irlandés, pequeño, arrugado y encorvado. Había trabajado en los ferrocarriles toda su vida y ahora, que ya era demasiado viejo para seguir trabajando, la compañía le había confiado la misión de llevar agua a los hombres.

Cada mañana, y nuevamente después de cenar, el viejo Johnny acudía al pozo para llenar de agua sus dos grandes cubos de madera. Cuando estaban llenos, colocaba la percha de madera sobre sus hombros e, inclinándose, colgaba los cubos en sendos ganchos que pendían de unas cortas cadenas en cada extremo de la percha. Luego se erguía entre gemidos y gruñidos, las cadenas levantaban los pesados cubos del suelo y Johnny los sujetaba con las manos mientras sostenía su peso en los hombros y corría con pasos cortos y rígidos.

En cada cubo había un cazo de hojalata. Cuando llegaba junto a los hombres que trabajaban en el tendido de las vías, Johnny marchaba junto a la hilera de obreros, de modo que cualquier hombre sediento podía servirse un vaso de agua sin interrumpir su tarea.

Johnny era tan viejo que se había quedado pequeño, encorvado y encogido. Su rostro era una maraña de arrugas, pero sus ojos azules brillaban alegremente y siempre corría todo lo posible para que ningún sediento tuviera que aguardar el agua.

Una mañana, antes de desayunar, Big Jerry se presentó a la puerta

de su cabaña y le dijo a Mamá que el viejo Johnny había pasado muy mala noche.

—Es tan pequeño y tan viejo, señora —dijo Big Jerry—, y la comida del campamento no le sienta bien. ¿Podría prepararle una taza de té caliente y algo para desayunar?

Mamá puso varios bollos calientes y ligeros en un plato y junto a ellos un pastel de puré de patatas y una loncha de crujiente tocino salado. Luego llenó una jarrita de estaño con té caliente y se lo entregó todo a Big Jerry.

Después de almorzar, Papá fue a los dormitorios para ver al viejo Johnny y más tarde le explicó a Mamá que Jerry había cuidado del pobre viejo toda la noche. Johnny le dijo que Jerry incluso le había tapado con su propia manta para que estuviera confortable y se había quedado sin nada con que cubrirse aunque hacía mucho frío.

—No hubiera cuidado mejor de su propio padre —prosiguió Papá—. Y a propósito, Caroline, nosotros también tenemos algo que agradecerle.

Todos recordaron cómo había salido Big Jerry a la pradera en su caballo blanco cuando aquel desconocido les seguía y se estaba poniendo el sol.

—Bien —dijo Papá levantándose lentamente—. Tengo que ir a vender a los muchachos municiones para sus escopetas. Confío que Jerry no regrese al campamento esta noche. Si viene a ver al viejo Johnny y se acerca a los establos para guardar su caballo, le matarán.

—¡Oh, no, Charles! ¡Seguro que no harán algo semejante! —exclamó Mamá.

Papá se puso el sombrero.

—El que arma más ruido con todo esto ya ha matado a un hombre —dijo—. Salió bien parado alegando defensa propia, pero cumplió una condena en la prisión del Estado. Y Big Jerry le pulió su paga el último día. No ha tenido arrestos para enfrentársele, pero le tenderá una emboscada en cuanto pueda.

Papá fue al almacén y Mamá comenzó a recoger la mesa con aire preocupado. Mientras Laura lavaba los platos pensaba en Big Jerry y en su caballo blanco. Lo había visto muchas veces galopando por la parda pradera. Big Jerry siempre vestía una camisa de llameante rojo, llevaba la cabeza descubierta y su caballo blanco no estaba sujeto por correa alguna.

Era noche cerrada cuando Papá regresaba del almacén. Dijo que media docena de hombres estaban apostados con sus armas cargadas, aguardando en torno al establo.

Era hora de acostarse. El campamento estaba a oscuras. Las cabañas, pequeñas y oscuras, casi se confundían contra el suelo; sólo si uno sabía dónde encontrarlas distinguía su masa oscura entre las tinieblas. Sobre el lago de Plata brillaba una estrellita y a su alrededor se extendía la negra pradera, lisa bajo el cielo de terciopelo oscuro rutilante de estrellas. El viento soplaba frío entre las tinieblas y las hierbas crujían como si tuviesen miedo. Laura miró, escuchó y volvió a entrar apresuradamente en la cabaña, estremeciéndose.

Detrás de la cortina, Grace dormía y Mamá ayudaba a Carrie y Mary a acostarse. Papá había colgado su sombrero y se sentaba en el banco, pero no se había quitado las botas. Cuando Laura entró, alzó la mirada y luego se levantó y se puso la chaqueta, la abrochó hasta arriba y se subió el cuello para que no se viera su camisa gris. Laura no dijo palabra. Papá se puso el sombrero.

—No me esperes levantada, Caroline —dijo en tono festivo.

Cuando Mamá apareció de detrás de la cortina, Papá ya se había marchado. Salió a la puerta y miró, pero él había desaparecido entre las sombras. Al cabo de unos momentos, se volvió y dijo:

—Es hora de acostarse, Laura.

—¡Por favor, Mamá, déjame quedarme contigo! —rogó la niña.

—Creo que no voy a acostarme —repuso Mamá—. Por lo menos de momento. No tengo sueño. Y no sirve de nada irse a la cama cuando no se tiene sueño.

—Tampoco yo tengo sueño, Mamá —dijo Laura.

Mamá bajó la lámpara y la apagó. Se sentó en la mecedora de nogal que Papá hiciera para ella en territorio indio. Laura cruzó silenciosa la estancia con sus pies desnudos y se sentó a su lado.

Permanecieron inmóviles en la oscuridad, escuchando. Laura distinguía un tenue y débil zumbido en sus oídos, que parecía el sonido de su propia concentración. Percibía la respiración de Mamá, la más lenta de Grace, ya dormida, y las rápidas de Mary y Carry que yacían despiertas detrás de la cortina. Ésta producía un débil rumor, moviéndose levemente en el aire que entraba por la puerta abierta.

En el exterior, el viento soplaba, vibraban las hierbas y se percibía el tenue e interminable sonido de las pequeñas olas que lamían la orilla del lago.

Un agudo graznido resonó en la oscuridad sobresaltando a Laura, que estuvo a punto de gritar. Pero no era más que el grito de un pato silvestre perdido de su bandada. Le respondieron los gansos desde la ciénaga y provocaron un estrépito de patos adormilados.

—¡Déjame salir a buscar a Papá! —susurró Laura.

—Tranquila —respondió Mamá—, no puedes encontrarle. Y él tampoco lo desearía. Estate quieta y deja que él cuide de sí mismo.

—Deseo hacer algo: preferiría hacer algo —insistió la niña.

—También yo —repuso Mamá. En la oscuridad acarició suavemente la cabeza de Laura—. El sol y el viento te están resecando el cabello —comentó—. Deberías cepillártelo más. Tendrías que cepillártelo cien veces cada noche antes de acostarte.

—Sí, Mamá — susurró ella.

—Yo tenía una cabellera preciosa cuando me casé con tu padre —dijo—. Podía sentarme en mis trenzas.

No añadió nada más. Siguió acariciando los ásperos cabellos de Laura mientras trataban de distinguir algún disparo.

Una gran estrella brillaba en el negro ángulo de la puerta. A medida que transcurría el tiempo, aquella lucecita se movía trasladándose lentamente de este a oeste, y más lentamente aún giraban a su alrededor estrellas menores.

De pronto, Laura y Mamá oyeron pisadas y al instante se ocultaron las estrellas: Papá estaba en la puerta. Laura se puso en pie de un salto, pero Mamá siguió sentada desmadejada en la mecedora.

—¿Estás levantanda, Caroline? —dijo Papá—. ¡Vamos, no era necesario! ¡Todo está en orden!

—¿Cómo lo sabías, Papá? —preguntó Laura—. ¿Cómo sabías que Big Jerry...?

—¡No te preocupes, Polvorilla! —la interrumpió Papá en tono alegre—. Big Jerry está perfectamente. Esta noche no aparecerá por al campamento, aunque no me sorprendería que venga por la mañana en su caballo blanco. Ahora, acuéstate, Laura. Veamos cuánto podemos dormir antes de que salga el sol —y sonaron sus carcajadas como campanillas—. Hoy habrá un montón de hombres soñolientos trabajando en las vías.

Mientras Laura se desnudaba tras la cortina y Papá se quitaba las botas en el otro lado, oyó cómo decía a Mamá en voz baja:

—Lo mejor de todo es que no volverán a desaparecer los caballos en el campamento del lago de Plata, Caroline.

Efectivamente, a primera hora de la mañana Laura vio a Big Jerry cabalgando junto a la cabaña en su caballo blanco. Dio los buenos días a Papá en el almacén, que le devolvió su saludo, y luego Big Jerry y su caballo marcharon a galope hacia el lugar donde los hombres estaban trabajando.

Jamás volvió a faltar un caballo del campamento del lago de Plata.

Capítulo Diez

UNA TARDE MARAVILLOSA

Cada mañana temprano, cuando Laura lavaba los platos del desayuno, a través de la puerta abierta veía salir a los hombres del comedor y dirigirse hacia el establo de techo de bálago en busca de sus caballos. Luego se producía un estrépito de arneses y la confusión de charlas y gritos y hombres y troncos de animales que marchaban a su trabajo y todo quedaba tranquilo tras de sí.

Los días iban pasando, todos iguales. Los lunes, Laura ayudaba a Mamá a lavar la ropa y la perfumada colada se secaba rápidamente al viento y al sol; los martes, la rociaba y ayudaba a plancharla; los miércoles remendaba y cosía, aunque no le agradaba hacerlo. Mary aprendía a coser sin ver, sus sensibles dedos podían orillar pulcramente y unir los parches de las colchas si le preparaban los colores.

A mediodía, cuando hombres y animales regresaban a comer, volvía a reinar el bullicio en el campamento. Entonces, Papá venía del almacén y comían en la pequeña cabaña contra la que soplaba el viento, contemplando la inmensa llanura por la puerta abierta. La pradera, delicadamente coloreada en todas las tonalidades, desde el marrón oscuro al cobrizo pasando por los rojos, se ondulaba suavemente hasta el lejano horizonte. Los vientos soplaban más fríos por las noches y Papá decía que no tardaría en llegar el invierno. Pero Laura no pensaba en el invierno.

Deseaba saber dónde trabajaban los hombres y cómo hacían una nivelación para el ferrocarril. Cada mañana partían y a mediodía y por la noche regresaban, pero lo único que ella veía de su trabajo era el sucio polvo que llegaba por el oeste de la parda llanura. Le hubiera gustado ver a los hombres realizando su tarea.

Un día apareció tía Docia en el campamento acompañada de dos vacas.

—Traigo nuestra leche andando, Charles —dijo—. Es el único medio de conseguirla aquí que no hay granjeros.

Una de las vacas sería para Papá. Era linda, de un rojizo radiante y se llamaba Ellen. Papá la soltó de la parte posterior de la carreta de tía Docia y tendió a Laura la cuerda del ronzal.

—Ten, Laura —le dijo—. Eres bastante mayor para cuidar de ella. Llévatela donde haya buenos pastos y asegúrate de hincar bien firme la estaca de sujeción.

Laura y Lena aseguraban las vacas en la proximidad de buenos pastos. Cada mañana y cada tarde se encontraban para cuidar de ellas. Las conducían a abrevarse al lago, hundían las estacas cerca de hierbas jóvenes y luego las ordeñaban cantando.

Lena conocía muchas canciones nuevas que Laura aprendía rápidamente. Mientras la leche manaba en los pulidos cubos de hojalata, cantaban:

> *Una vida en las olas del océano,*
> *un hogar en la undosa profundidad,*
> *los renacuajos agitan sus colas*
> *y las lágrimas ruedan por sus mejillas.*

A veces Lena, y también Laura, cantaban quedamente:

> *¡No quiero casarme con un granjero*
> *que siempre esté sucio!*
> *Prefiero a un ferroviario*
> *con su camisa a rayas.*

Pero a Laura le gustaban los valses, le encantaba la canción de la Escoba, aunque debía repetirse dicha palabra muchísimas veces para que la tonada rimase.

> *Compra una escoba, compra una escoba, una escoba,*
> *compra una escoba, una escoba, compra una escoba, una*
> *escoba.*
> *¿Comprarás una escoba a ese bávaro errante*
> *para barrer los insectos*

que acuden a molestarte?
Descubrirás cuán útil es
de noche y de día.

Y las vacas permanecían muy quietas y rumiando como si escucharan la canción hasta que acababan de ordeñarlas.

Luego, con los cubos llenos de leche cálida y de dulce aroma, Laura y Lena regresaban a las cabañas. Por las mañanas, los hombres salían de los dormitorios, se lavaban en las jofainas que estaban en el banco, junto a la puerta, y se peinaban. Y el sol se levantaba sobre el lago de Plata.

Por las tardes, el sol se encendía de rojo, púrpura y oro, y cuando se ponía, hombres y animales regresaban cantando en oscura línea por la polvorienta carretera que habían formado a su paso por la pradera. Luego Lena corría a la cabaña de tía Docia y Laura a la de Mamá, porque debían colar la leche antes de que comenzase a subir la nata y ayudar a preparar la cena.

Lena tenía tantísimo quehacer ayudando a tía Docia y a prima Luisa, que no le quedaba tiempo para jugar. Y Laura, aunque no trabajaba tanto, estaba también muy ocupada. De modo que apenas se encontraban, salvo cuando ordeñaban las vacas.

—¿Sabes lo que haría si no hubieran destinado nuestros poneys negros a trabajar en la vía? —le dijo Lena una noche.

—¿Qué? —se interesó Laura.

—Bien, si pudiera salir y tuviera los poneys para cabalgar, iría a ver cómo trabajan los hombres —respondió su prima—. ¿No te gustaría?

—Sí, me gustaría mucho —repuso Laura.

No tenía que decidir si desobedecería a Papá o no, puesto que de todos modos no podrían hacerlo.

De pronto, un día, cuando comían, Papá depositó su taza de té sobre la mesa, se enjugó los bigotes y dijo:

—Haces demasiadas preguntas, Polvorilla. Ponte el sombrero y ven al almacén sobre las dos. Te llevaré conmigo y lo verás por ti misma.

—¡Oh, Papá! —exclamó Laura.

—¡Vamos, Laura, no te excites de ese modo! —intervino Mamá suavemente.

Laura sabía que no debía gritar, por lo que en voz baja inquirió:

—¿Puede venir también Lena, Papá?

—Eso lo decidiremos más tarde —repuso Mamá.

Cuando Papá hubo regresado al almacén, su madre habló seriamente con ella. Le dijo que deseaba que sus hijas supieran comportarse, que se expresaran debidamente, en voz baja, que tuvieran buenos modales y fuesen siempre unas damas. Pese a haber vivido siempre en lugares rudos y salvajes, salvo el breve espacio de tiempo que permanecieron en el río Plum, ahora estaban en un tosco campamento del ferrocarril y aquella región aún tardaría algún tiempo en convertirse en un lugar civilizado. Hasta entonces, Mamá consideraba conveniente que se mantuvieran aisladas. Deseaba que Laura permaneciese alejada del campamento y que no estableciese relación alguna con los rudos hombres que se encontraban allí. No le parecía mal que en aquella ocasión fuese discretamente con Papá a ver cómo trabajaban, pero debía comportarse debidamente, como una señorita, y recordar que una dama no hace nunca nada que pueda atraer la atención.

—Sí, Mamá —respondió Laura.

—Y no quiero que te acompañe Lena —prosiguió Mamá—. Lena es una muchacha buena y trabajadora, pero es bulliciosa y Docia no la ha educado como debiera. Si has de ir donde trabajan esos hombres, entre la suciedad, ve discretamente con tu padre y regresa discretamente y no vuelvas a hablar de ello.

—Sí, Mamá —repitió—. Pero...

—¿Pero qué, Laura? —preguntó Mamá.

—Nada —respondió ella.

—De todos modos no sé por qué deseas ir —se asombró Mary—. Es mucho más agradable estar aquí, en casa, o dar un paseo por el lago.

—Simplemente deseaba hacerlo. Quiero ver cómo construyen las vías del ferrocarril —dijo Laura.

Se puso el sombrero para protegerse del sol y se dijo a sí misma que lo llevaría todo el rato firmemente atado. Papá estaba solo en el almacén. Se caló su sombrero de ala ancha, cerró la puerta con candado y juntos emprendieron la marcha hacia la pradera. A aquellas horas en que no había sombras, la pradera se veía llana, aunque no lo fuese. Al cabo de unos momentos, sus ondulaciones ocultarían las cabañas y entre las hierbas no se distinguiría nada más que el polvoriento sendero y la nivelación de las vías contigua. En el cielo se levantaba una nube de polvo que se disipaba a efectos del viento.

Papá se sujetó el sombrero y Laura inclinó la cabeza para evitar que se le cayera el suyo al suelo y ambos anduvieron en silencio durante algún rato. De pronto Papá se detuvo y exclamó:

—¡Ya hemos llegado, Media Pinta!

Se encontraban en un pequeño montículo. Ante ellos concluían bruscamente las obras y delante se hallaban los hombres con sus yuntas de caballos surcando con arados las tierras hacia el oeste y abriendo una amplia franja en el suelo.

—¿Trabajan con arados? —se sorprendió Laura.

Le resultaba extraño pensar que los hombres se adentraban de tal modo en aquella región que por vez primera se surcaba para construir una vía.

—Y raederas —añadió Papá—. Observa, Laura.

Entre la zona arada y el brusco término de las obras, caballos y hombres avanzaban lentamente en círculo por el final del terreno nivelado y volvían a cruzar las franjas abiertas. Los animales arrastraban unas anchas y profundas palas que eran las raederas.

En lugar de disponer de una pala de mango largo, cada raedera tenía dos mangos pequeños y, en su otro extremo, un consistente semiarco de acero curvado que iba de un lado a otro de la raedera. La yunta estaba unida a esa curva acerada.

Cuando cada hombre con sus animales llegaba al terreno arado, un compañero suyo asía los mangos de las raederas y las alzaba de tal modo que hundía la punta redonda de la pala entre la tierra suelta ya arada mientras los animales seguían adelante y la raedera se llenaba de tierra. Entonces el hombre soltaba los mangos, la raedera se apoyaba a ras del suelo y la yunta de caballos la arrastraba en torno al círculo hasta llegar junto a la obra.

Al final del terreno nivelado, los hombres que conducían la yunta asían los mangos de la raedera y volcaban todo su contenido dentro de la curva de acero a que estaban uncidos los caballos. Toda la tierra caía a la derecha mientras los animales arrastraban la raedera vacía hasta la obra y rodeaban el círculo dirigiéndose de nuevo al terreno arado.

Una vez allí su compañero asía los mangos y los levantaba lo suficiente para hundir la punta de la pala redonda en la tierra suelta hasta que la raedera se llenaba de nuevo. Y se deslizaba en torno al círculo, detrás de los caballos y sobre el escarpado terraplén de la obra donde de nuevo la volteaban.

Yunta tras yunta rodeaba el círculo, raedera tras raedera volcaba allí su contenido. Los caballos acudían ininterrumpidamente, las raederas llenaban y vaciaban de modo constante su contenido.

A medida que extraían la tierra en la zona arada, la curva se iba ensanchando de modo que las raederas, en lo sucesivo, pasaban sobre tierra recién arada mientras las yuntas regresaban y surcaban de nuevo la zona ya excavada.

—Funciona como un reloj —dijo Papá—. Fíjate, nadie se retrasa ni se apresura.

»Cuando una raedera está llena, aparece otra que ocupa su lugar y aquel que sostiene la raedera está dispuesto para asir los mangos y llenarla. Las raederas nunca tienen que esperar a los arados y éstos siguen adelante antes de que ellas regresen para arar de nuevo el suelo que ha sido excavado. Están realizando una gran labor. Fred es un capataz excelente.

Fred estaba en la zona de vaciado vigilando a las yuntas de animales, a las raederas que giraban y a los arados que entraban dentro del círculo y salían de nuevo de él. Observaba cómo se vaciaban las raederas y cómo caía la tierra y con una señal o una palabra indicaba a cada arriero cuando debía vaciar su raedera de modo que la explanación quedase lisa, recta y nivelada.

Por cada seis yuntas un hombre se limitaba a permanecer a la expectativa. Si la yunta se retrasaba, Fred hablaba con el conductor para que marchara más deprisa; si, por el contrario, iba demasiado rápida, daba instrucciones al arriero y éste retenía los caballos. La marcha debía ser constantemente espaciada mientras los animales seguían marchando de forma continuada en torno al círculo, sobre la tierra arada, hasta la vía y sobre ella y regresaban nuevamente a la zona de tierra arada.

Las treinta yuntas de caballos y las treinta raederas, los cuatro caballos de cada yunta, los arados, todos los arrieros y aquellos que sostenían las raederas giraban una y otra vez, cada uno en su lugar, moviéndose acompasadamente como Papá había dicho, y al frente del futuro tendido de la vía, entre el polvo, se encontraba Fred manteniendo todo aquello en marcha.

Laura nunca se hubiera cansado de observarlo. Pero más al oeste había otras cosas que ver.

—Ven conmigo, Media Pinta, y verás cómo se hace una zanja y cómo se rellena —dijo Papá.

Y tomaron un camino de carros donde las aplastadas hierbas eran como heno roto entre el polvo surcado por las ruedas de las carretas. Más al oeste, tras una pequeña elevación del terreno, otro equipo de arrieros construía otro fragmento de las obras.

En la pequeña depresión que se producía tras aquel montículo efectuaban un terraplenado y, más allá, abrían una zanja a través de un altozano.

—¿Lo ves, Laura? —dijo Papá—. Cuando el terreno es bajo, construyen la vía más alta y, cuando es elevado, la reducen para nivelarlo. El tendido del ferrocarril tiene que ser lo más llano posible para facilitar el paso de los trenes.

—¿Por qué, Papá? —preguntó Laura—. ¿Por qué los trenes no pueden correr sobre las ondulaciones del terreno?

No había auténticas colinas y parecía una empresa inútil excavar todas aquellas breves alturas y rellenar los pequeños huecos sólo para nivelar el suelo.

—Eso ahorra trabajo posteriormente —repuso Papá—. Deberías ser capaz de comprenderlo sin que te lo explicasen, Laura.

Laura podía comprender que una carretera regular ahorrase trabajo a los caballos, pero una locomotora era un caballo de hierro que nunca se cansaba.

—Sí, pero consume carbón —prosiguió Papá—. El carbón debe ser extraído de las minas y eso representa trabajo. Una locomotora consume menos carbón cuando corre por una superficie llana que si sube y baja de nivel. De modo que, como comprenderás, de momento cuesta más trabajo y más dinero igualar un terreno, pero más adelante se ahorra trabajo y dinero, que pueden ser útiles para construir otras cosas.

—¿Qué cosas, Papá? ¿Qué cosas? —inquirió Laura.

—Más cosas —dijo él—. No me sorprendería que vivieras una época en que casi todos viajen en ferrocarril y apenas se vean carretas cubiertas.

Laura no podía concebir un país con tantas vías férreas ni tan rico que casi todos pudieran viajar en tren, pero lo cierto era que trataba de imaginarlo porque habían llegado a un elevado promontorio desde donde veían trabajar a los hombres abriendo zanjas y rellenando.

Al otro lado de aquella eminencia de terreno por donde correrían los trenes, los caballos con sus arados y aquellos que arrastraban las raederas abrían una amplia zanja. Las grandes yuntas avanzaban y retrocedían arrastrando los arados y giraban una y otra vez cargando las raederas, moviéndose todos ellos acompasadamente.

Pero allí las raederas no marchaban en círculo sino que formaban un largo y estrecho lazo, entrando y saliendo de la zanja por un extremo y acudiendo a descargar por el otro.

El vertido era un hueco profundo situado en el extremo de la zanja y que la atravesaba. Gruesos maderos enmarcaban los costados de aquel agujero y formaban una plataforma lisa en lo alto. En el centro de la plataforma había un agujero y en lo alto, a ambos lados de la zanja, depositaban la tierra para formar una carretera nivelada con la plataforma.

Desde la zanja llegaban constantemente los animales, unos tras otros, arrastrando las raederas cargadas. Subían por la vía hasta lo alto del vertedero y cruzaban la plataforma. Pasaban sobre el agujero, un caballo a cada lado, mientras el arriero vertía en su interior la carga de tierra. Marchaban ininterrumpidamente, descendiendo por la escarpada vía, y giraban y regresaban a la zanja para volver a llenar las raederas.

Un círculo de carretas se desplazaba constantemente a través del vertedero, bajo el agujero de la plataforma. Cada vez que una raedera arrojaba su carga, una carreta estaba bajo el agujero para recoger la tierra. Cada carreta aguardaba a recoger cinco cargas y partía seguidamente y la carreta que estaba detrás se adelantaba hasta el agujero y aguardaba.

El círculo de carretas salía del vertedero y giraba hacia atrás hasta escalar el alto extremo de camino de la vía que se aproximaba a la zanja. A medida que pasaba sobre la vía, cada carreta vertía su carga de tierra y hacía el escalón mucho más alargado. Las carretas no tenían pescante, sólo plataformas de pesados maderos. Para verter la tierra el arriero giraba aquellos tablones, uno cada vez. Luego seguía avanzando hasta el extremo del terraplén y regresaba al círculo inacabable, a través del vertedero, para volver a recibir su carga.

De los arados, las raederas, el vertedero y el final de la cuesta surgía polvo, una gran nube que se levantaba constantemente sobre hombres y caballos sudorosos. Los rostros y los brazos de los arrieros estaban ennegrecidos por el sol y la suciedad, sus camisas azules y grises se manchaban de sudor y polvo, como también las crines y colas de los caballos, cuyos flancos se cubrían con costras de barro y sudor.

Todos proseguían, regular y constantemente, entrando y saliendo en círculo, mientras los arados avanzaban y retrocedían pasando en círculo bajo el vertedero y regresando al extremo, hasta el terraplén, y de nuevo bajo el vertedero. La zanja se hacía cada vez más profunda y el terraplén más extenso mientras hombres y yuntas de animales seguían tejiendo sus círculos sin detenerse jamás.

—No fallan una vez —se maravilló Laura—. Cada vez que una raedera vierte su contenido, hay una carreta debajo para recoger la tierra.

—Esa es obra del capataz —dijo Papá—: él los tiene cronometrados como si estuvieran interpretando una melodía. Fíjate en el capataz y verás cómo lo hace. Es un excelente trabajo.

En el promontorio que dominaba la zanja, al extremo del terraplén y junto a los círculos se encontraban los capataces observando a hombres y animales y los hacían moverse acompasadamente. De vez en cuando obligaban a demorarse a alguna yunta o apresurarse a otra. Nadie se detenía ni aguardaba; nadie llegaba tarde a su puesto.

Laura oyó gritar al capataz desde lo alto de la zanja:

—¡Muchachos, moveos más deprisa!

—Ya ves —dijo Papá—, se acerca la hora de acabar y se han retrasado un poco. Eso no puede permitírselo un buen jefe.

Había pasado la tarde mientras Papá y Laura observaban cómo se movían los círculos construyendo la vía del ferrocarril. Era hora de regresar al almacén y a la cabaña. Laura dirigió una última y prolongada mirada y luego tuvo que marcharse.

Por el camino, su padre le mostró las cifras que figuraban inscritas en los pequeños mojones que estaban clavados en el suelo en línea recta, señalando el lugar donde estaría el tendido de las vías. Las cifras informaban a los ferroviarios de la altura que debía tener la vía en terreno bajo y a qué profundidad deberían efectuarse las zanjas en las zonas

altas. Los topógrafos lo habían medido todo y calculado exactamente la altura antes de que llegara nadie allí.

En primer lugar alguien había pensado en construir un ferrocarril. Luego, habían acudido los topógrafos a aquella región desierta y habían marcado y medido un tendido ferroviario que no existía, que únicamente era un proyecto ideado por alguien. Más tarde se presentaron los peones a arrancar las hierbas del suelo, los hombres con las raederas para excavar la tierra y los que conducían los tiros de animales con sus carretas para cargarla. Y todos ellos decían que estaban trabajando en las vías, pero éstas aún no existían. Nada había allí salvo zanjas que atravesaban las ondulaciones de la pradera, fragmentos nivelados que en realidad sólo eran camellones de tierra, apuntando todas hacia el Oeste, cruzando aquella inmensidad de tierras cubierta de hierbas.

—Cuando hayan concluido la nivelación —dijo Papá— vendrán los paleadores con palas de mano, alisarán los costados de la vía a mano e igualarán la parte superior.

—Y tenderán los raíles —añadió Laura.

—¡No corras tanto, Polvorilla! —rió Papá—. Aún tienen que enviar aquí las traviesas y colocarlas antes de instalar las vías. Roma no se hizo en un día, ni un tendido de ferrocarril ni nada que valga la pena en el mundo.

El sol estaba tan bajo que las ondulaciones del terreno comenzaban a proyectar sus sombras hacia el este y en el inmenso y pálido cielo surgían las bandadas de patos y los largos prismas de gansos que se trasladaban al lago de Plata para pasar la noche. Corría un viento limpio, sin polvo y Laura sintió que le caía el sombrero por la espalda de modo que notó el aire en su rostro y pudo contemplar la gran pradera.

Allí aún no estaban las vías, pero algún día los largos tendidos se extenderían nivelando sus huecos y a través de las zanjas los trenes pasarían a toda velocidad y con estrépito despidiendo vapor y humo. Raíles y trenes aún no estaban allí, pero ella casi podía verlos como si estuvieran.

—¿Cómo se hizo la primera vía de ferrocarril, Papá? —preguntó de repente.

—¿Qué quieres decir? —la interrogó su padre.

—¿Las vías existen porque la gente piensa en ellas primero, cuando aún no están?

Papá permaneció pensativo unos momentos.

—Es cierto —repuso—. Sí, eso es lo que hace que sucedan las cosas: que la gente piense primero en ellas. Si mucha gente piensa en algo y se esfuerza por conseguirlo, supongo que ello está destinado a producirse, si el tiempo y el viento lo permiten.

—¿Qué casa es aquélla, Papá? —se interesó Laura.

—¿Cuál? —repuso su padre.

Había pensado constantemente en preguntar a su padre por la casa que se levantaba en la orilla septentrional del lago y siempre se le olvidaba.

—Ahí viven los topógrafos —le explicó Papá.

—¿Se encuentran ahora en ella? —le interrogó Laura.

—Van y vienen —respondió su padre.

Casi habían llegado al almacén.

—Ve a casa corriendo, Polvorilla —concluyó Papá—. Tengo que trabajar un rato en los libros. Ya has visto cómo se construye una vía de ferrocarril, cúidate de explicárselo a Mary.

Lo hizo lo mejor posible, pero Mary se limitó a decirle:

—Realmente no comprendo que prefieras observar a esos rudos hombres trabajando en la tierra en lugar de quedarte aquí en esta casa tan linda y tan limpia. Mientras que tú holgazaneabas,yo he acabado otra colcha de retales.

Pero Laura aún creía estar viendo el movimiento tan perfectamente acompasado de hombres y caballos que casi podía entonar la melodía con que se movían.

Capítulo Once

DÍA DE PAGO

Dos semanas habían transcurrido y Papá trabajaba cada noche después de cenar en su pequeño despacho situado en la trastienda del almacén realizando la comprobación de horarios de los trabajadores.

Consultando el registro de cronometraje, contaba los días que había trabajado cada trabajador y calculaba cuánto había ganado. Luego contaba cuánto debía aquel empleado al almacén, a lo que sumaba sus gastos de hospedaje y manutención, los restaba de sus honorarios y efectuaba su comprobación horaria.

El día de pago entregaba a cada uno su hoja de cronometraje y el dinero que se le debía.

Anteriormente Laura siempre había ayudado a Papá. Cuando era muy pequeña, en los Grandes Bosques, le ayudó a fabricar balas para su rifle; en el territorio indio colaboró con él en la construcción de la casa y, en el río Plum, en diversas tareas y en el almiar. Pero ahora no podía ayudarle porque Papá decía que la empresa ferroviaria no quería que nadie más que él trabajase en la oficina.

Sin embargo, siempre sabía lo que estaba haciendo porque el almacén resultaba perfectamente visible desde la puerta de la cabaña y podía controlar quiénes iban y venían.

Una mañana distinguió una calesa tirada por un tronco de caballos que se dirigía hacia la puerta del almacén. De ella se apeó un hombre elegantemente ataviado que entró apresuradamente en el recinto.

Otros dos hombres aguardaban en el vehículo, observando la puerta y mirando en torno como si tuvieran miedo.

Al cabo de unos instantes salió el primer individuo y subió a la calesa. Tras mirar nuevamente en torno, se alejaron a toda prisa.

Laura echó a correr en dirección al almacén. Estaba segura de que algo había sucedido. El corazón le latía con violencia y sintió que le daba un vuelco al ver a Papá, sano y salvo, saliendo del local.

—¿Adónde vas, Laura? —gritó Mamá.

—A ningún lugar, Mamá —respondió Laura.

Papá entró en la cabaña y cerró la puerta al tiempo que se sacaba del bolsillo una pesada bolsita de lona.

—Quisiera que cuidaras de esto, Caroline —dijo—. Es el salario de los hombres. Cualquiera que quisiera robarlo, iría a la oficina.

—Así lo haré, Charles —repuso Mamá.

Envolvió la bolsa en un trapo limpio y la hundió profundamente en el saco de harina.

—Aquí no se le ocurrirá buscarlo a nadie —dijo.

—¿Te lo trajo aquel hombre, Papá? —preguntó Laura.

—Sí: era el jefe de pagadores —le informó.

—Los hombres que le acompañaban tenían miedo —comentó la muchacha.

—¡Oh, no lo creo así! Sólo custodiaban al jefe para evitar que le robasen —dijo Papá—. Transporta muchos miles de dólares en efectivo para pagar a todos los hombres que están en los campamentos y alguien podría tratar de arrebatárselos. Pero esa gente va perfectamente armada no tienen por qué sentir miedo.

Cuando Papá regresaba al almacén, Laura observó que del bolsillo de su cadera asomaba la empuñadura de un revólver. Comprendió que él no tenía miedo y vio que su rifle se encontraba sobre la puerta y su escopeta en el rincón. Mamá podía utilizar aquellas armas. No había que temer que los ladrones se llevasen el dinero.

Aquella noche Laura se despertó con frecuencia y oyó asimismo que Papá se revolvía en su litera al otro lado de la cortina. La noche parecía más oscura y llena de sonidos extraños porque el dinero estaba en el saco de harina. Pero a nadie se le ocurriría buscarlo allí, y nadie lo hizo.

A temprana hora de la mañana, Papá se lo llevó al almacén: era el día de pago. Después de almorzar, todos los hombres se reunieron en torno al almacén y uno tras otro fueron entrando. Uno a uno salían de nuevo y se reunían en pequeños grupos para charlar. Aquel día no trabajarían: era día de pago.

Mientras cenaban, Papá dijo que debía regresar a la oficina.

—Algunos no parecen comprender por qué han cobrado tan sólo la paga de dos semanas —dijo.

—¿Por qué no han cobrado todo el mes? —preguntó Laura.

—Verás, Laura, cuesta tiempo realizar todas esas comprobaciones de horarios para enviarlas y luego el jefe de pagadores ha de traer el dinero. Yo he de pagarles sus honorarios hasta el día quince y dentro de dos semanas les abonaré hasta esta fecha. A algunos no les entra en sus duras molleras que tengan que esperar dos semanas para cobrar. Desean percibir inmediatamente sus honorarios, hasta el día anterior.

—No te irrites, Charles —intervino Mamá—. No puedes esperar que comprendan cómo se llevan los negocios.

—No te lo imputarán a ti, ¿verdad, Papá? preguntó Mary.

—Eso es lo peor de todo, Mary, no lo sé —respondió su padre—. De todos modos tengo bastante quehacer en la oficina.

En breve estuvieron lavados los platos de la cena y Mamá se sentó en la mecedora donde acunó a Grace hasta que se durmió, mientras Carrie permanecía a su lado. Laura estaba sentada junto a Mary en la puerta observando cómo se desvanecía la luz sobre las aguas del lago y describiéndoselo a su hermana.

—Hay una postrera luz pálida en el centro del lago. Alrededor, donde duermen los patos, las aguas son oscuras, y más allá, la zona es también sombría y las estrellas comienzan a parpadear en el cielo gris. Papá ha encendido su lámpara y surge un resplandor amarillo por la parte posterior del negro almacén. ¡Mamá! —exclamó—. ¡Hay una gran multitud... mira!

Los hombres se congregaban en torno al almacén. No decían nada y ni siquiera se percibía el sonido de sus pies sobre la hierba, pero la negra masa humana iba cada vez en aumento.

Mamá se levantó rápidamente y dejó a Grace en la cama. Luego salió a mirar por encima de las cabezas de Laura y Mary.

—Entrad, niñas —dijo, suavemente.

Las niñas obedecieron y ella cerró la puerta, pero dejando una hendidura a través de la cual se quedó observando.

Mary se sentó en la silla con Carrie, mas Laura se quedó atisbando bajo el brazo de Mamá. La multitud iba rodeando el almacén. Dos hombres subieron el peldaño y llamaron a la puerta.

La muchedumbre permanecía en silencio. La luz oscura del crepúsculo también se paralizó un instante.

Luego los hombres llamaron de nuevo a la puerta y uno de ellos gritó:

—¡Abre, Ingalls!

La puerta se abrió y a la luz de la lámpara apareció Papá. Cerró a sus espaldas y los dos hombres que habían llamado retrocedieron confundiéndose entre los demás. Papá permaneció sobre el peldaño con las manos en los bolsillos.

—Bien, muchachos, ¿qué sucede? —preguntó, serenamente.

—¡Queremos nuestro dinero! —exclamó alguien entre la multitud.

—¡Todo nuestro dinero! —gritaron otras voces.

—¡Busca ese dinero de dos semanas que te guardas!

—¡Queremos cobrarlo todo!

—Lo recibiréis dentro de dos semanas, en cuanto haya calculado vuestros horarios —dijo Papá.

De nuevo sonaron sus gritos.

—¡Lo queremos ahora!

—¡Deja de ponernos obstáculos!

—¡Lo necesitamos ahora mismo!

—No puedo pagaros ahora, muchachos —respondió Papá—. No tendré el dinero hasta que vuelva el jefe de pagadores.

—¡Abre el almacén! —replicó uno de ellos.

—¡Eso es! ¡Nos conformamos con eso…! ¡Abre el almacén! ¡Ábrelo de una vez!

—No, muchachos. No haré eso —repuso Papá, fríamente—. Venid mañana por la mañana y dejaré que cada uno de vosotros se lleve cuanto desee cargándolo en su cuenta.

—¡Abre ahora ese almacén o lo abriremos nosotros! —gritó alguien.

Un gruñido surgió de la multitud y toda la masa humana se adelantó hacia Papá como impulsada por aquel sonido.

Laura se asomó bajo el brazo de Mamá, pero ella la asió por el hombro y la hizo retroceder.

—¡Oh, déjame ir! ¡Le harán daño! ¡Déjame ir, van a causarle daño! —susurró agitada.

—¡Tranquilízate! —le dijo en un tono que jamás había oído anteriormente.

—¡Retroceded, muchachos, no os acerquéis tanto! —decía Papá.

Laura distinguió su fría voz y se quedó temblando. Luego sonó otra voz tras la multitud. Se expresaba de modo firme y, aunque no gritaba, se percibía claramente.

—¿Qué sucede, muchachos?

En la oscuridad, Laura no podía distinguir la camisa roja, pero sólo Big Jerry podía ser tan alto. Su cabeza y sus hombros surgían por encima de las sombras confusas de la multitud. Detrás de él, entre la oscuridad, se percibía una mancha clara que debía ser su caballo blanco. Una confusión de voces respondió a Big Jerry que se echó a reír, de modo ruidoso y resonante.

—¡Necios! —exclamó sin dejar de reírse—. ¿Por qué tanto alboroto? ¿Queréis sacar las mercancías del almacén? Bien, mañana tomaremos cuanto queramos: allí nos estarán esperando. Nadie nos detendrá cuando comencemos.

Laura oía el rudo lenguaje que Big Jerry utilizaba. Sus palabras se mezclaban con juramentos y otras expresiones que jamás había oído. En realidad, apenas las oía porque cuando Big Jerry tomó partido contra su padre se sintió terriblemente abrumada, como si todo se hiciera añicos, al igual que un plato que se rompe.

En aquellos momentos la multitud rodeaba a Big Jerry que llamaba a muchos por sus nombres y les proponía beber y jugar a cartas. Algunos se fueron con él a la cabaña dormitorio; el resto se disolvió en pequeños grupos que se dispersaron entre la oscuridad.

Mamá cerró la puerta.

—Es hora de dormir, niñas —dijo.

Laura se fue a la cama temblando como Mamá le ordenaba. Papá no venía. De vez en cuando oía rudas y sonoras voces desde el campamento y, en ocasiones, cánticos. Comprendió que no se dormiría hasta que llegase su padre.

De pronto abrió los ojos: había amanecido.

Más allá del lago de Plata el cielo estaba encendido y dorado y por el firmamento se extendía una línea de nubes rojas; el lago estaba rosado y aves silvestres sobrevolaban su superficie con gran estrépito. En el campamento también reinaba el bullicio. Los hombres se habían reunido alrededor de la posada y deambulaban hablando muy excitados.

Mamá y Laura permanecían en la puerta, observando desde un rincón de la cabaña. Oyeron un grito y vieron a Big Jerry que montaba de un salto en su caballo blanco.

—¡Vamos, muchachos! —gritó—. ¡A divertirnos!

El caballo blanco retrocedió, giró y retrocedió de nuevo. Big Jerry lo fustigó enérgicamente y el animal echó a correr y se alejaron por la pradera hacia el oeste. Todos los hombres irrumpieron en el establo y al cabo de unos momentos salían uno tras otro con sus monturas en seguimiento de Big Jerry. Hombres y animales desaparecieron.

Un intenso y frío silencio se instaló en el campamento y entre Laura y Mamá.

—¡Bien! —exclamó Mamá.

Vieron que Papá abandonaba el almacén camino de la posada. En aquellos momentos salía de allí Fred, el capataz, y se reunía con él. Charlaron brevemente y luego Fred fue al establo, ensilló su caballo y marchó galopando en dirección oeste.

Papá estaba riendo. Mamá dijo que no creía que hubiera nada de qué reírse.

—¡Ese Big Jerry! —exclamó Papá entre ruidosas carcajadas—.

¡Por los cielos! ¡Se los ha llevado para que realicen sus diabluras en otro lugar!

—¿Dónde? —preguntó bruscamente Mamá.

Papá se mostró más sereno.

—Se ha producido un motín en el campamento de Stebbins. Gente de todos los campamentos se está reuniendo allí. Tienes razón, Caroline, no es cosa de risa.

Durante todo el día el campamento estuvo tranquilo. Laura y Mary no salieron a pasear. No hubo noticias de lo que podía estar sucediendo en el campamento de Stebbins ni de cuando regresaría la peligrosa muchedumbre. Mamá tuvo todo el día expresión preocupada. Apretaba los labios y de vez en cuando suspiraba sin darse cuenta.

Los hombres regresaron cuando ya había oscurecido, pero llegaban más silenciosos que cuando se marcharon. Cenaron en la posada y luego fueron a acostarse.

Laura y Mary seguían despiertas cuando Papá regresó muy tarde del almacén. Permanecieron inmóviles en su litera y oyeron hablar a sus padres tras la cortina iluminada por la luna.

—Ya no hay por qué preocuparse, Caroline —decía Papá—. Han vuelto agotados y todo está tranquilo.

Bostezó y se sentó para quitarse las botas.

—¿Qué han hecho, Charles? ¿Ha resultado alguien herido? —preguntó Mamá.

—Colgaron a un jefe de pagadores —le explicó Papá—, y un hombre resultó malherido. Le pusieron en una carreta y le condujeron hacia el Este para que le viese un doctor. No estés tan preocupada, Caroline. Podemos considerarnos afortunados de salir tan bien parados. Todo ha concluido.

—No estaré tranquila hasta que todo haya acabado —respondió Mamá.

Le temblaba la voz.

—Ven aquí.

Laura sabía que en aquel momento Mamá se sentaba en las rodillas de su padre.

—Sí, me consta que no estarás tranquila —le dijo—. No debes preocuparte, Caroline. El asentamiento está casi concluido, estos campamentos se levantarán y desaparecerán en breve y el próximo verano estaremos instalados en la hacienda.

—¿Cuándo escogerás el terreno? —preguntó ella.

—En cuanto se levanten los campamentos. Hasta entonces no me quedará un instante libre en el almacén —le respondió—. Lo sabes perfectamente.

—Sí, lo sé, Charles. ¿Qué hicieron con los hombres que... mataron al jefe de pagadores?

—No le mataron —la informó Papá—. Verás cómo fue. El campamento de Stebbins es igual que éste: la oficina es un cobertizo situado en la parte posterior del almacén. Tiene una puerta de acceso y eso es todo. El jefe de pagadores se queda en la oficina con el dinero, se encierra y paga a los hombres por una pequeña abertura que hay junto a la puerta.

»Stebbins tiene allí unos trescientos cincuenta hombres que perciben sus pagas y que deseaban cobrar hasta esta misma fecha, como sucedió aquí. Cuando vieron que sólo percibían una quincena, se comportaron peligrosamente. La mayoría llevaba armas y estaba en el almacén amenazando con disparar si no les entregaban la totalidad.

»Entre la confusión, dos hombres se pelearon y uno de ellos golpeó al otro en la cabeza con un peso de la balanza. Éste cayó como un buey herido y cuando le sacaron a rastras al aire libre, no lograron hacerle recobrar el sentido.

»De modo que la multitud emprendió la persecución del hombre que había golpeado al otro. Le siguieron hasta las proximidades de la ciénaga y no lograron encontrarlo entre las altas hierbas. Rastrearon la zona, buscándole entre la maleza, más alta que sus propias cabezas, hasta que comprendieron que habían destruido cualquier rastro que hubiese podido dejar.

»Siguieron buscándole hasta después de mediodía y afortunadamente para él no lograron encontrarle. Cuando regresaron al almacén la puerta estaba cerrada y no podían entrar. Alguien subió al herido en una carreta y lo condujo al Este para que le examinara un médico.

»Por entonces, hombres procedentes de otros campamentos se agrupaban en la zona. Se comieron todo cuanto lograron encontrar en la posada y la mayoría de ellos se embriagaron. Siguieron golpeando la puerta del almacén vociferando al jefe de pagadores que abriese y les pagase, pero nadie les respondió.

»Es espantoso enfrentarse a una multitud de casi mil borrachos. Alguien reparó en la cuerda y gritó: "¡Colguemos al pagador!" Y toda la multitud se hizo eco de sus palabras y vociferó: "¡Colguémosle!" "¡Colguémosle!"

»Dos hombres se subieron al techo del cobertizo e hicieron una abertura en las tablas. Echaron un cabo de la cuerda por el borde del tejado y la multitud lo asió mientras los dos individuos caían sobre el jefe de pagadores y le anudaban el lazo en el cuello.

—¡Basta, Charles! ¡Las niñas están despiertas! —observó Mamá.

—Ssst, no sucedió nada más —repuso Papá—. Lo levantaron una o dos veces, eso es todo. Y el hombre cedió.

—¿No le colgaron?

—No tanto como para causarle gran daño. Algunos estaban derribando la puerta del almacén con yuntas y el encargado lo abrió. Uno de los empleados de la oficina cortó la cuerda haciendo caer al desdichado en el suelo, abrió la ventanilla y le hizo pagar a todos cuanto decían se les adeudaba. Muchos individuos de otros campamentos que se encontraban entre ellos retiraron también dinero. No se molestó nadie en hacer comprobaciones horarias.

—¡Qué vergüenza! —exclamó Laura.

Papá apartó la cortina.

—¿Por qué lo hizo? ¡Yo no lo hubiera hecho! —siguió exclamando sin que Papá o Mamá pudieran decir palabra.

Allí estaba ella, de rodillas en la cama y apretando los puños.

—¿Qué es lo que no habrías hecho? —dijo Papá.

—¡Pagarles! ¡No me hubieran obligado a ello! ¡Tú tampoco les pagaste!

—Aquella muchedumbre era aún mayor que la que se congregó aquí. Y el pagador no tenía a Big Jerry para ayudarle —observó Papá.

—Pero tú no lo hubieras hecho, Papá —objetó Laura.

—Psst —les silenció Mamá—. Despertaréis a Grace. Me parece muy bien que el hombre se comportara sensatamente. Más vale un cobarde vivo que cien valientes muertos.

—¡Oh, Mamá, no digas eso! —susurró la niña.

—De todos modos, la discreción es la mejor prueba de valor. ¡A dormir, pequeñas!

—¡Por favor, Mamá! —susurró Mary—. ¿Cómo pudo pagarles? ¿De dónde sacó el dinero, si ya les había dado todo el que tenía?

—Es cierto, ¿cómo lo hizo? —se interesó Mamá.

—Con los beneficios del almacén. Es un gran almacén y ya habían ido a parar allí gran parte de los honorarios de los hombres: los gastan tan deprisa como los perciben —dijo Papá—. Ahora obedeced a vuestra madre, niñas, e iros a dormir.

Y dejó caer la cortina.

Mary y Laura siguieron hablando muy quedamente hasta que Mamá apagó la lámpara. Mary dijo que le gustaría regresar al río Plum, pero Laura no respondió. Le gustaba ver la cabaña rodeada por doquier por la gran pradera. El corazón le latía intensamente, creía estar oyendo de nuevo el salvaje estrépito de la multitud y la voz de Papá diciendo: «No os acerquéis tanto». Y recordaba a los hombres y los caballos sudorosos moviéndose continuamente entre nubes de polvo, construyendo la carretera como si siguieran una especie de música. De ningún modo deseaba regresar al río Plum.

CAPÍTULO DOCE

ALAS SOBRE EL LAGO DE PLATA

Las temperaturas descendieron y el cielo se llenó del batir de alas de grandes aves. De Este a Oeste, de Norte a Sur, y hasta donde alcanzaba la vista por el gran cielo azul, se veían aves y pájaros que volaban agitando sus alas.

Al caer la tarde descendían ininterrumpidamente al suelo, deslizándose en largas corrientes de aire para descansar sobre las aguas del lago de Plata.

Había grandes gansos grises y ocas más pequeñas, blancas como la nieve en las orillas del lago. Y patos de muchas clases: los grandes ánades comunes con destellos purpúreos y verdes en sus alas, otros con cabezas rojas o picos azules, patos marinos y cercetas y muchos más cuyos nombres Papá desconocía. Se veían garzas reales, pelícanos y grullas. Algunas gallináceas y los pajarillos que acribillaban continuamente las aguas con sus cuerpecitos negros. Cuando sonaba un disparo, las aves levantaban rápidamente el vuelo y se desvanecían en un abrir y cerrar de ojos, adentrándose mucho más en las aguas y permaneciendo allí durante largo rato.

Al ponerse el sol, la inmensa superficie del lago estaba cubierta de toda clase de parloteos de las múltiples variedades de aves que charlaban entre sí antes de disponerse a pasar la noche descansando de su largo periplo de norte a sur. Les impulsaba el invierno, el invierno que venía tras ellos desde el norte. Ellos lo sabían y comenzaban temprano para poder descansar por el camino. Reposaban toda la noche, cómodamente instalados sobre las aguas que les sostenían dulcemente, y cuando llegaba el alba alzaban de nuevo el vuelo desplazándose a gran altura, por los aires, con sus fuertes y reposadas alas.

Un día Papá regresó de cazar con un ave enorme, blanca como la nieve.

—Lo siento, Caroline —dijo gravemente—. Si lo hubiera sabido, no lo hubiese hecho: he matado a un cisne. Era demasiado hermoso para morir, pero no tenía idea de que fuese un cisne. Nunca había visto volar a ninguno.

—Ya no puedes hacer nada, Charles —le dijo Mamá.

Y ambos miraron apenados al hermoso y níveo pájaro que ya no podría volver a volar.

—Vamos —dijo Mamá—. Lo desplumaré y tú lo desollarás. Conservaremos los plumones.

—Es mayor que yo —dijo Carrie.

El ave era tan grande que Papá la midió. Con sus blancas y plumosas alas medía ocho pies de un extremo al otro.

Otro día Papá trajo un pelícano a la cabaña para que Mamá viese cómo eran. Abrió el largo pico y de la bolsa que el ave tenía debajo cayeron pescados muertos. Mamá se cubrió la cara con su delantal y Carrie y Grace se taparon las narices.

—¡Llévatelo en seguida, Charles! —exclamó Mamá a través del delantal.

Algunos pescados estaban frescos, pero otros llevaban muertos bastante tiempo. Los pelícanos no eran adecuados para comer. Incluso sus plumas·olían tan intensamente a pescado podrido que Mamá no pudo conservarlas para hacer almohadones.

—Pronto tendremos bastantes plumas para hacer otro colchón —dijo Mamá—. Y entonces, este invierno, Mary y tú podréis dormir sobre ellas.

Aquellos dorados días de otoño el cielo estuvo lleno de alas. Alas que se agitaban a escasa altura del lago de Plata, alas que se batían en lo alto del cielo azul. Alas de gansos, ocas, patos, pelícanos, grullas, garzas y cisnes que transportaban a todos ellos hacia los verdes campos del Sur.

Las alas, el tiempo dorado y el sabor de la escarcha por las mañanas hacían que Laura desease marchar a otro lugar, ignoraba dónde: sólo sabía que quería irse.

—¡Vayamos al Oeste! —dijo una noche después de cenar—. ¿No podemos ir al Oeste cuando se vaya tío Henry, Papá?

Tío Henry, Luisa y Charley habían ganado suficiente dinero para ir al Oeste. Regresarían a los Grandes Bosques para vender su granja y

cuando llegase la primavera se trasladarían todos, con tía Polly, hacia el Oeste, a Montana.

—¿Por qué no podemos ir nosotros? —dijo Laura—. Has ganado bastante dinero, Papá, trescientos dólares, y tenemos la carreta y el tronco de caballos. ¡Oh, Papá, vamos al Oeste!

—¡Por favor, Laura! —dijo Mamá—. ¡Por favor...! —No pudo proseguir.

—Lo sé, pequeña Media Pinta —repuso Papá en tono muy amable—. Tú y yo queremos volar como los pájaros. Pero hace tiempo prometí a tu madre que vosotras iríais a la escuela. No puedes ir a la escuela e ir al Oeste. Cuando este pueblo esté construido habrá una escuela. Conseguiré una hacienda, Laura, y vosotras iréis al colegio.

Laura miró a Mamá y luego volvió a mirar a su padre y comprendió lo que sucedería: Papá se instalaría en una hacienda y ella iría a estudiar.

—Algún día me lo agradecerás, Laura. Y también tú, Charles —dijo Mamá, suavemente.

—Me siento satisfecho si tú estás contenta, Caroline —repuso Papá.

Y era cierto, pero deseaba ir al Oeste. Laura se concentró en el cuenco que tenía delante y siguió lavando los platos de la cena.

—Y otra cosa, Laura —prosiguió Papá—. Sabes que tu madre fue maestra y antes que ella también su madre. Mamá se propone que una de vosotras lo sea a su vez y me temo que tendrás que ser tú. Por lo que deberás recibir la instrucción apropiada.

A Laura le dio un vuelco el corazón y de pronto le pareció sentir que el alma se le caía a los pies. No dijo nada. Comprendió que Papá, Mamá y también Mary habían dado por supuesto que su hermana sería maestra. Pero Mary no podría llegar a serlo. «¡No quiero! ¡No quiero!», se dijo. «¡No deseo serlo!»

Pero finalmente comprendió que debía ser así.

No podía defraudar a Mamá; tenía que hacer lo que decía Papá. De modo que cuando fuese mayor debería ser maestra de escuela. Además, no podía hacer otra cosa para ganar dinero.

Capítulo Trece

LEVANTANDO EL CAMPAMENTO

La dilatada pradera ondeaba plácidamente desplegando suaves tonalidades bajo un cielo descolorido. De los tallos surgían espigas doradas que se extendían como una colcha de color amarillento, tostado y de un cálido gris; sólo las ciénagas aparecían de un verde oscuro. Las aves escaseaban y pasaban velozmente. Con frecuencia durante la puesta de sol, una gran bandada parloteaba ansiosa, a gran altura, sobre el lago de Plata, y en lugar de descender para comer y descansar en las aguas que tanto debían atraerla, su agotado cabecilla se desplomaba, otro ocupaba su lugar y seguían volando hacia el sur: el frío invierno se aproximaba tras ellos y no podían detenerse a descansar.

En las heladas mañanas y en los fríos atardeceres, cuando acudían a ordeñar las vacas, Laura y Lena se cubrían confortablemente las cabezas con los chales y los sujetaban bajo sus barbillas. Sentían frío en las piernas desnudas y el viento les helaba las narices, pero cuando se ponían en cuclillas para ordeñar las vacas, sus chales las envolvían gratamente y les calentaban los pies. Y efectuaban su tarea cantando:

«¿Adónde vas, mi linda doncella?»
«A ordeñar, mi señor», respondió ella.
«¿Puedo acompañarte, mi linda doncella?»
«Oh, sí, si queréis, noble señor»

«¿Cuál es tu fortuna, mi linda doncella?»
«Mi fortuna está en mi rostro, señor», dijo ella.
«Pues no puedo casarme contigo, doncella»
«Nadie os lo ha pedido, señor».

—Bueno, supongo que estaremos sin vernos durante mucho tiempo —dijo Lena una tarde.

Las obras del tendido ferroviario en el lago de Plata casi habían concluido. A primera hora de la mañana siguiente Lena, Jean y tía Docia partirían. Saldrían antes de que surgiera el sol porque marchaban con tres grandes carretas cargadas de mercancías de los almacenes de la compañía. No dirían a nadie adónde se dirigían por temor a que la compañía les descubriese.

—Me gustaría que tuviésemos tiempo para volver a montar los negros poneys —dijo Laura.

—¡Diablos! —exclamó bruscamente Lena—. ¡Me alegro de que haya concluido este verano! ¡Odio las casas! —balanceó el cubo de leche y tarareó—: Se acabó guisar, lavar platos y ropa y fregar. ¡Yupi!

Luego añadió:

—Bueno, adiós. Supongo que te quedarás aquí toda la vida.

—Me temo que sí —repuso Laura tristemente. Estaba segura de que Lena iría al Oeste; tal vez incluso a Oregón—. Adiós.

A la mañana siguiente Laura ordeñó ella sola a la solitaria vaca. Tía Docia se había marchado con una carga de avena del depósito de víveres; Lena conducía una carreta cargada de mercancías del almacén, y Jean, a su vez, otra gran carga de raederas y arados. Tío Hi les seguiría en cuanto hubiese saldado sus deudas con la compañía.

—Me temo que la deuda de Hi sea demasiado importante esta vez con todas las mercancías que ha cargado —dijo Papá.

—¿No deberías habérselo impedido, Charles? —se preocupó Mamá.

—No es asunto mío —repuso Papá—. Yo tenía órdenes de dejar que el contratista se llevase todo cuanto quisiera y cargárselo en cuenta. ¡Oh, vamos, Caroline! ¡No es ningún robo! Hi no se ha llevado nada más que lo que se le adeuda por el trabajo que ha realizado aquí y en el campamento de los Sioux. La compañía le engañó entonces y ahora se ha resarcido: eso es todo.

—Bueno —suspiró Mamá—. Me alegraré cuando estos campamentos hayan desaparecido y volvamos a estar instalados.

Cada día había menos ruido en la zona: los hombres recogían su última paga y se marchaban. Carreta tras carreta se alejaban en dirección al Este. Cada noche estaba el campamento más vacío. Un día tío

Henry, Luisa y Charley emprendieron la larga marcha a Wisconsin para vender la granja. El comedor y el dormitorio quedaron desiertos, el almacén estaba vacío y Papá únicamente aguardaba a que acudiese un empleado de la compañía a comprobar sus libros contables.

—¡Oh, Charles! —dijo Mamá—. Aún no has encontrado la hacienda y si tenemos que gastar el dinero que has ganado para vivir hasta la primavera...

—Lo sé, ¿pero qué podemos hacer? —repuso él—. Puedo encontrar perfectamente la hacienda antes de irnos y registrarla la próxima primavera. Tal vez el verano que viene consiga un trabajo que nos mantenga y nos permita adquirir la madera para construir una cabaña. Podría hacerla de turba, pero incluso eso agotaría nuestros recursos hasta que llegase el buen tiempo, contando con los suministros y el carbón. No, será mejor que vayamos al Este a pasar el invierno.

¡Era tan duro marcharse! Laura trataba de animarse, pero no podía: no deseaba regresar al Este. Odiaba partir del lago de Plata para volver allí. Habían llegado hasta aquel lugar y deseaba quedarse, no retroceder. Pero si debía ser, si tenían que hacerlo, la primavera próxima comenzarían de nuevo. De nada serviría quejarse.

—¿Te sucede algo, Laura? —le preguntó Mamá.

—¡Oh, no, Mamá! —respondió.

Pero estaba tan triste y melancólica que esforzarse por mostrar alegría la hacía sentirse aún más desdichada.

El empleado de la compañía llegó para comprobar los libros contables de Papá, y las últimas carretas del Oeste emprendieron la marcha. Incluso el lago estaba casi vacío de aves y el cielo desnudo, a excepción de algunas hileras apresuradas de pájaros. Mamá y Laura remendaron la lona de la carreta y cocieron pan para la larga marcha.

Aquella noche Papá llegó silbando del almacén y entró en la cabaña contento como unas pascuas.

—¿Te gustaría quedarte aquí todo el invierno, Caroline? —le preguntó—. ¿En la casa de los topógrafos?

—¡Oh, Papá!, ¿sería posible? —exclamó Laura.

—¡Desde luego que sí! —dijo su padre—. Si tu madre lo desea. Es una casa buena, sólida y resistente, Caroline. El topógrafo jefe acaba de pasar por el almacén y me ha dicho que se abastecieron de carbón y de las provisiones necesarias creyendo que iban a quedarse aquí todo el invierno, pero que si yo me hago cargo y soy responsable de las herramientas ante la compañía, ellos se marcharán. El empleado de la compañía está de acuerdo.

»Hay harina, alubias, salazones y patatas. E incluso, según me ha dicho, algunas latas de conserva. Y carbón. Podemos disponer de todo sin tener que desembolsar nada: sólo por quedarnos aquí. Utilizaremos el establo para la vaca y los caballos. Le dije que le respondería mañana a primera hora. ¿Qué dices, Caroline?

Todos miraban expectantes a Mamá. Laura apenas podía contener su excitación. ¡Quedarse en el lago de Plata! ¡No tener que regresar al Este después de todo! Mamá estaba contrariada. ¡Había deseado tanto volver de nuevo a terreno colonizado! Pero dijo:

—Parece providencial, Charles. ¿Has dicho que hay carbón?

—No se me ocurriría quedarme si así no fuera —repuso él—. Pero sí lo hay.

—Bien, la cena está en la mesa —dijo Mamá—. Lávate y come antes de que se enfríe. Parece una excelente oportunidad, Charles.

Durante la cena no hablaron de otra cosa. Sería muy agradable vivir en una casa confortable, la cabaña era muy fría con el aire que se filtraba por sus rendijas aunque la puerta estuviera cerrada y ardiera un buen fuego en la estufa.

—¿Verdad que uno se siente rico...? —comentó Laura.

—No —dijo Mamá.

—¿No te sientes rica, pensando en todas las provisiones que ya están allí para pasar el invierno, Mamá? —insistió Laura.

—Y sin pagar un centavo hasta la primavera —añadió Papá.

—Sí, Laura, así es —repuso Mamá sonriente—. Tienes razón, Charles. Desde luego, debemos quedarnos.

—Bueno, no sé, Caroline —añadió Papá—. En cierto modo tal vez sería mejor no hacerlo. Según tengo entendido no contaremos con ningún vecino más que los Brokins y se encuentran a sesenta millas. Si algo sucediera...

Les sobresaltó un golpe en la puerta. En respuesta a la invitación de Papá, un hombre corpulento apareció ante ellos. Se arrebujaba en un grueso abrigo y llevaba bufanda. Lucía una negra y corta barba, era rubicundo y tenía los ojos tan negros como los del pequeño *papoose,* el bebé indio que Laura nunca había olvidado.

—¡Hola, Boast! —le saludó Papá—. Acérquese al fuego: esta noche hace frío. Éstas son mi mujer y mis hijas. El señor Boast tiene una hacienda registrada aquí y ha trabajado en las vías.

Mamá acercó al señor Boast una silla junto al fuego y él tendió las manos para calentárselas. Observaron que llevaba una mano vendada.

—¿Se ha herido? —le preguntó Mamá cortésmente.

—Sólo me la he dislocado —le explicó Boast—, pero le va bien el calor.

Se volvió a Papá y prosiguió:

—Necesito ayuda, Ingalls. ¿Recuerda el par de caballos que vendí a Pete? Me pagó parte y dijo que me abonaría el resto el próximo día de pago. Pero siguió demorándolo y ahora ¡maldita sea! se ha largado con los animales. Yo iría tras él y se los quitaría, pero le acompaña su hijo y se me enfrentarían. No quiero tener problemas con dos rufianes a la vez y menos con una mano lisiada.

—Todavía queda alguien por aquí que podría ayudarle —dijo Papá.

—No quería decir eso —repuso el señor Boast—. No deseo crear problemas.

—¿De qué modo puedo intervenir entonces? —preguntó Papá.

—Estaba pensando. Aquí no hay ninguna representación de la autoridad, ningún modo de cobrar una deuda, no hay oficiales de policía ni siquiera un juez. Pero quizás eso Pete lo ignore.

—¡Ajá! —exclamó Papá—. ¿Desea que redacte algún documento a modo de citación judicial?

—Cuento con un hombre que actuará como sheriff y se la entregará —dijo el señor Boast.

Le brillaban los ojos tanto como a Papá, pero sus destellos eran distintos: los ojos de Boast despedían un brillo menudo y negro y los de Papá, grande y azul.

Papá rió con fuerza y se dio un golpe en la rodilla.

—¡Qué divertido! Por fortuna me ha quedado algún papel oficial. ¡Le prepararé ese documento, Boast! ¡Vaya en busca de su sheriff!

El señor Boast marchó apresuradamente mientras Mamá y Laura limpiaban la mesa. Papá se instaló debidamente y escribió en una gran hoja de papel con líneas rojas a los lados.

—¡Ya está! —dijo por fin—. Tiene un aire importante. Y he acabado a tiempo.

El señor Boast llamaba a la puerta. Le acompañaba otro hombre, cubierto con un grueso abrigo. Llevaba una gorra calada hasta los ojos y una bufanda le envolvía el cuello y le tapaba la boca.

—¡Tenga, sheriff! —dijo Papá—. Entregue esa notificación de embargo y regrese con los animales o el dinero, vivos o muertos, con las costas de este proceso legal.

Sus risas parecían agitar la cabaña.

Papá observó el gorro y la bufanda que ocultaban el rostro del hombre.

—Por fortuna para usted la noche es fría, sheriff —dijo.

Cuando los dos hombres salieron y cerraron la puerta, Papá interrumpió sus carcajadas y dijo a Mamá:

—O ese hombre era el jefe de topógrafos o me como mi sombrero.

Y volvió a reírse y a golpearse el muslo con fuerza.

Por la noche las voces de Boast y Papá despertaron a Laura. El señor Boast, que estaba en la puerta, decía:

—He visto que estaba la luz encendida y me he detenido para explicarle que todo ha salido perfectamente. Pete estaba tan asustado que ha entregado el dinero y devuelto los caballos: ese bribón tiene motivos para temer a la ley. Aquí están las costas, Ingalls. El topógrafo no piensa aceptarlas: dice que le basta con lo que se ha divertido.

—Quédese con su parte —dijo Papá—, y yo aceptaré la mía. Debemos mantener la dignidad de este tribunal.

Ante las risas del señor Boast, Mamá, Mary y Carrie estallaron asimismo en incontenibles carcajadas. La risa de Papá era como el sonido de grandes campanas, producía una sensación cálida y agradable. Pero la risa del señor Boast provocaba carcajadas a todos.

—¡Silencio! —exclamó Mamá—. ¡Despertaréis a Grace!

—¡De qué se reían? —le preguntó Mary.

—La risa del señor Boast es contagiosa —respondió Carrie.

Por la mañana el señor Boast acudió a almorzar. El campamento se había desmantelado y no había otro lugar donde comer. El topógrafo había partido hacia el Este aquella mañana en su calesa y asimismo se había despedido el último hombre con su tronco de caballos. Sólo quedaba el señor Boast, que había tenido que esperar a que se le curara la mano para poder conducir su carreta. La tenía peor que por la mañana porque de noche había helado, pero a pesar de todo se iba al Este: se dirigía a Iowa para contraer matrimonio.

—Si van a quedarse aquí todo el invierno acaso traeré a Ellie y nos quedaríamos también —dijo—, si podemos venir antes de que llegue el frío.

—Estaremos encantados de tenerles entre nosotros, Boast —repuso Papá.

—Nos alegraremos mucho —dijo Mamá.

Estuvieron despidiendo al señor Boast y oyendo cómo se desvanecía el traqueteo de su carreta mientras se dirigía hacia el Este.

La pradera quedó absolutamente desierta y ni siquiera se distinguía ningún grupo de aves por el cielo.

En cuanto el señor Boast se perdió de vista, Papá condujo su carreta y sus caballos hasta la puerta.

—¡Ven, Caroline! —llamó. ¡Aquí ya no queda nadie y es día de mudanza!

Capítulo Catorce

LA CASA DE LOS TOPÓGRAFOS

No hubo necesidad de embalar nada porque la casa de los topógrafos se encontraba en la costa norte del lago, a menos de media milla de la cabaña. Laura no podía aguardar para verla. Cuando hubo ayudado a colocarlo todo ordenadamente en la carreta y Mary, Grace, Carrie y Mamá estuvieron instaladas en ella, dijo a su padre:

—¿Puedo adelantarme, por favor?

—¡Charles!, ¿crees realmente que...? —intervino Mamá.

—No corre ningún peligro —repuso Papá—. La tendremos a la vista todo el rato. Sigue la orilla del lago, Polvorilla, y no te preocupes, Caroline, estaremos allí en un abrir y cerrar de ojos.

De modo que Laura se adelantó. Avanzó corriendo contra el fuerte viento que hacía ondear el chal a sus espaldas. El frío se le filtraba en el cuerpo. Sentía como la sangre se enfriaba en sus venas y luego corría cálida y con más fuerza y su respiración palpitaba enérgicamente en su pecho.

Cruzó los calveros que quedaban en el campamento. La tierra estaba apelmazada bajo sus pies y cubierta de hierbas muertas. No había nadie más por allí: todos se habían ido. La pradera, la vasta y extensa llanura, el inmenso cielo y el aire estaban despejados y vacíos.

Incluso aunque la carreta se iba aproximando, quedaba lejos, a su espalda. Laura se volvió y vio que Papá la saludaba. Dejó de correr y pudo distinguir el sonido del viento entre el herbazal y el rítmico vaivén de las aguas del lago. Avanzó saltando por las cortas hierbas secas del ribazo. Si lo deseaba, podía gritar: no había nadie más por allí.

—¡Es nuestro! —gritó—. ¡Todo nuestro!

El grito pareció resonar con estrépito en su garganta, pero en el aire fue muy tenue. Tal vez el viento lo arrastrara. Acaso no debiera alterarse la tranquilidad de aquel cielo y aquel páramo desiertos.

Las botas de los topógrafos habían marcado un sendero entre las hierbas, liso y suave bajo los pies de Laura. Inclinó su cabeza cubierta con el chal para protegerse del aire y avanzó apresuradamente por el camino. Sería divertido ver la casa de los topógrafos por sí sola.

De pronto se encontró ante ella. Era un edificio enorme, una auténtica casa de dos pisos con cristales en las ventanas. Sus tableros, arriba y abajo, estaban descoloridos por efectos del tiempo e iban del amarillo al gris y todas las rendijas estaban reforzadas, como Papá había dicho. En la puerta que daba a un cobertizo por la parte posterior había un picaporte de porcelana.

Laura abrió la puerta y se asomó. Luego la empujó por la señal curva que se había formado en el entarimado y pasó al interior. La casa tenía suelos de madera, no tan agradables para los pies descalzos como el suelo de tierra de la cabaña, pero más fáciles de limpiar.

La amplia y vacía vivienda parecía aguardar y escuchar. Se diría que sabía que Laura estaba allí, pero que no había decidido nada respecto a ella. Aguardaría y observaría. El viento profería un sonido solitario al chocar contra sus muros, mas ello sucedía en el exterior de la casa. Avanzó de puntillas por el cobertizo y abrió la puerta que había en el extremo más alejado.

Inspeccionó la gran sala. Los muros de madera aún conservaban su color amarillento y el sol que se filtraba por la ventana de poniente proyectaba su luz dorada en el suelo. Una fría luz llegaba desde la ventana del este, junto a la puerta principal. Los topógrafos habían dejado su estufa. Era más grande que la que Mamá traía del río Plum, tenía seis tapas en la parte superior y un horno con dos puertas y estaba perfectamente instalada, con la chimenea en su sitio.

Detrás de ella, espaciadas en la pared, se encontraban tres puertas, todas ellas cerradas.

Laura cruzó la amplia sala de puntillas y abrió sigilosamente una de ellas. Daba a una habitación pequeña, con el armazón de una cama. También allí había ventana.

Cuando abrió la puerta de en medio se quedó sorprendida. Frente a ella aparecía una escalera tan ancha como la puerta. Miró hacia arriba y distinguió la parte inferior del tejado inclinado. Subió unos peldaños y se encontró en un enorme ático que se extendía a ambos lados de la escalera y que era doblemente grande que el salón de debajo. Sendas ventanas en cada rincón iluminaban aquel vasto espacio vacío.

Hasta entonces había encontrado ya tres habitaciones y aún quedaba otra puerta. Laura pensó que debía haber habido muchos topógrafos para necesitar tanto espacio. Era con mucho la casa más grande en la que habría vivido.

Abrió la tercera puerta y un grito de excitación brotó de sus labios alterando el silencio de la casa: ante sus ojos se encontraba un pequeño almacén. De arriba abajo de las paredes había estanterías y en ellas se encontraban platos, cazuelas, ollas, cajas y latas. Y a su alrededor, debajo de las estanterías, había barriles y más cajas.

El primer barril estaba casi lleno de harina; el segundo, contenía harina de maíz. El tercero, cerrado con una tapa hermética, estaba repleto de lonchas de tocino blanco y mantecoso, conservadas en oscura salmuera. Laura nunca había visto tanto cerdo en salazón de una vez. Había una caja de madera llena de galletitas cuadradas de soda, otra caja llena de grandes filetes de pescado salado y una mayor con manzanas secas, así como dos sacos llenos de patatas y otro saco grande casi lleno de alubias.

La carreta había llegado a la puerta. Laura salió corriendo y gritando:

—¡Mamá, corre y verás! ¡Hay muchísimas cosas! ¡Y un ático enorme, Mary! ¡Una estufa y galletas de soda!

Mamá lo inspeccionó todo y pareció satisfecha.

—Es muy bonita —dijo—, y está muy limpia. Podemos instalarnos aquí en un periquete. Tráeme la escoba, Carrie.

Papá ni siquiera tendría que montar la estufa. Puso la de Mamá en el cobertizo, tras la puerta posterior, donde se encontraba el carbón. Luego, mientras encendía el fuego, ellas dispusieron la mesa y las sillas en el gran salón. Mamá colocó la mecedora de Mary junto a la puerta abierta del horno. Aquella excelente estufa difundía su calor y Mary se hallaba sentada en el cálido rinconcito sosteniendo a Grace y entreteniéndola para evitar que molestase mientras Mamá, Laura y Carrie se afanaban.

Mamá hizo la cama grande en el armazón del dormitorio, colgó sus ropas y las de Papá en los clavos que había en la pared y las cubrió pulcramente con una sábana. Arriba, en el gran ático de techo bajo, Laura y Carrie hicieron sendas camas en los armazones que allí había, una para Carrie y la otra para Laura y Mary. Luego subieron sus ropas y sus cajas, colgaron los vestidos en la pared del rincón junto a una de las ventanas, y depositaron debajo sus cajas.

Ya estaba todo ordenado, de modo que bajaron a ayudar a Mamá a preparar la cena. Papá apareció transportando una caja grande y ligera de embalaje.

—¿Para qué es eso, Charles? —preguntó Mamá.

—Será la cama portátil de Carrie —repuso él.

—¡Es exactamente lo que necesitábamos! —exclamó Mamá.

—Los lados son bastante altos para mantener sujetas las ropas —dijo Papá.

—Y es bastante baja para poder guardarla de día bajo nuestro lecho, como cualquier camita portátil —observó ella.

Laura y Carrie hicieron la camita de Grace en la caja de embalaje y la deslizaron bajo el gran lecho que sacarían de nuevo por la noche. La mudanza había concluido.

La cena fue un banquete. Los lindos platos de los topógrafos alegraban la mesa. Unos trozos de pepinillo en vinagre que encontraron en una tinaja dieron diferente sabor al recalentado pato asado y a las patatas fritas. Y después de comer, Mamá entró en la despensa y sacó...

—¿A ver si adivináis qué es? —preguntó.

¡Y sirvió a cada uno un platito de melocotones en conserva y dos galletitas de soda!

—Esto es un banquete para celebrar que vivimos de nuevo en una casa —dijo.

Luego recogieron rápidamente los platos y los lavaron en la contigua despensa. Bajaron las alas de la mesa, pusieron el mantel a cuadros rojos y blancos y depositaron en el centro la brillante lámpara. Mamá se sentó con Grace en la mecedora y Papá dijo:

—Uno siente deseos de música. ¡Tráeme el violín, Laura!

Tensó y afinó las cuerdas y frotó el arco con resina: volvían las veladas invernales en que Papá tocaba el violín. Miró en torno a todas ellas con aire satisfecho y a los consistentes muros que les mantendrían confortablemente.

—Tengo que conseguir algo para hacer unas cortinas —dijo Mamá.

Papá detuvo el arco sobre el violín.

—¿Te das cuenta de que nuestro vecino más próximo hacia el este se halla a sesenta millas de distancia y el más próximo hacia el oeste a cuarenta millas, Caroline? Y cuando llegue el invierno aún estarán más lejos. ¡Tenemos todo el mundo para nosotros! Hoy sólo he visto una bandada de gansos que volaban muy alto y deprisa: ni siquiera ellos se detuvieron en los lagos. Van a toda velocidad hacia el sur. Me pareció que sería la última bandada de la temporada. De modo que incluso los gansos nos han abandonado.

Rozó las cuerdas con el arco y comenzó a tocar. Laura cantó quedamente:

> *Una noche en que el viento soplaba glacial,*
> *soplaba glacial por el salvaje páramo*
> *la joven Mary con su hijo*
> *se presentó a la puerta de su padre,*
> *y dijo llorando: «¡Oh, padre, déjame entrar!*
> *Te lo imploro, ten piedad de mí*
> *o el hijo que llevo en mis brazos morirá*
> *entre el viento que azota este páramo salvaje.»*
> *Pero su padre se mostró sordo a sus lamentos:*
> *ni una voz ni un sonido llegaron.*
> *Y los perros de guardia aullaron*
> *y las campanas del pueblo sonaron*
> *y los vientos soplaron por él...*

Papá se interrumpió.

—¡Esta canción no es apropiada! —exclamó—. ¿En qué estaría pensando? A ver, algo que valga la pena cantar.

El violín sonó alegremente y Papá lo acompañó con sus cánticos. Laura, Mary y Carry le acompañaron con todas su fuerzas.

> He viajado mucho en mi vida
> y he visto muchos sinsabores
> pero en cualquier lugar disfruté
> navegando en mi canoa.
> Mis deseos son escasos. No me preocupa
> pagar mis deudas cuando llega el momento
> y esquivo las luchas en el océano de la vida
> mientras navego en mi canoa.
>
> Ama, pues, a tu vecino como a ti mismo
> igual que al mundo por el que estás viajando
> y nunca te detengas con lágrimas o ceño
> mientras navegas en tu canoa.

—Eso es lo que haremos este invierno —dijo Papá—. Y lo hemos hecho muchas veces anteriormente. ¿No es cierto, Caroline?

—Sí, Charles —convino Mamá—. Y nunca habíamos estado tan confortables y tan bien abastecidos.

—Estamos tan cómodos como las chinches en una alfombra —dijo Papá afinando el violín—. Amontoné sacos de avena en un extremo del establo para dejar sitio a la vaca y a los caballos. Podrán comer cuanto gusten y estarán recogidos y a gusto. Sí, podemos estar reconocidos por todo cuanto tenemos.

Luego volvió a tocar el violín y siguió tocando y tocando baladas, tonadas, danzas y marchas. Mamá dejó a Grace en su camita, cerró la puerta y después se sentó a escuchar la música y a mecerse ociosamente. Mamá, Mary, Laura y Carrie escucharon hasta quedar ahítas. Nadie hablaba de acostarse porque era su primera velada en la casa nueva y estaban completamente solos en la pradera.

Por fin Papá guardó el arco y el violín en su caja. Cuando cerraba la tapa llegó hasta sus oídos en la noche, a través de la ventana, un lúgubre, penetrante y solitario aullido que sonaba muy próximo.

Laura se puso en pie de un salto. Mamá se apresuró a tranquilizar a Grace que gritaba en la habitación. Carrie se quedó helada, muy blanca, con los ojos desorbitados.

—No es nada más que un lobo, Carrie —dijo Laura.

—¡Eso, eso! —dijo Papá—. Cualquiera creería que no habíais oído jamás un lobo. Tranquilízate, Caroline, la puerta del establo está bien cerrada.

Capítulo Quince

PARTE EL ÚLTIMO HOMBRE

A la mañana siguiente brillaba el sol, pero el viento era más frío y en el aire había sensación de tormenta. Papá había regresado de realizar sus tareas y se calentaba las manos junto a la estufa mientras Mamá y Laura servían el almuerzo en la mesa, cuando oyeron el traqueteo de una carreta.

El vehículo se detuvo ante la puerta principal. El conductor llamó y Papá salió a recibirlo. A través de la ventana, Laura les vio hablando entre el frío viento.

Al cabo de unos momentos su padre regresó y se puso apresuradamente el abrigo y los mitones al tiempo que decía:

—Tenemos un vecino que no imaginaba. Un anciano, enfermo y solo. Voy a verlo ahora mismo. Os lo contaré todo cuando regrese.

Y partió con el desconocido. Tardó bastante en regresar.

—¡Brrr! ¡Qué frío hace! —dijo tirando el abrigo y los mitones en una silla e inclinándose sobre la estufa para calentarse antes de quitarse la bufanda—. Bueno, hemos hecho una buena obra.

»Ese hombre que se presentó es el último arriero que quedaba. Vino desde el río Jim sin encontrar un alma. Todos cuantos trabajaban en la línea se han marchado. Anoche, cuando le sorprendió la oscuridad, distinguió una luz a unas dos millas al norte de la vía y allí se dirigió con la esperanza de encontrar un lugar donde pasar la noche.

»Pues bien, Caroline, encontró una cabaña de propiedad en la que vivía un anciano completamente solo. Se llama Woodworth, padece tisis y vino aquí para curarse con el clima de la pradera. Ha vivido en su cabaña todo el verano y pensaba quedarse a pasar el invierno.

»Pero está tan débil que el arriero trató de lleváselo consigo. Le dijo que era su última oportunidad, mas Woodworth se negó a acompañarle. De modo que cuando el arriero distinguió esta mañana el humo de nuestra casa se detuvo para ver si alguien le ayudaba a convencer al anciano.

»Está con la piel y los huesos, Caroline. Pero resuelto y decidido a seguir la cura de la pradera. Dijo que se lo le habían recomendado los médicos como un éxito seguro.

—La gente viene de todas partes para curarse —comentó Mamá.

—Sí, lo sé, Caroline. Supongo que es cierto que en estas praderas se encuentra el único remedio contra la tisis. Pero tenías que haberlo visto. No estaba en condiciones de quedarse solo en una cabaña, a quince millas de cualquier otra persona. Debe reunirse con los suyos.

»Por fin conseguimos convencerle. Recogimos sus cosas y lo hicimos subir a la carreta. Tuvimos que subirlo como si fuera Carrie. Entonces ya estaba contento de marcharse. Estará mucho mejor con su familia en el Este.

—Se morirá de frío, viajando en carreta en un día como éste —dijo Mamá añadiendo más carbón al fuego.

—Lo arropamos muy bien y le pusimos un buen abrigo. Además, lo tapamos con mantas y calentamos un saco de avena para sus pies. Estará perfectamente. Ese arriero es una excelente persona.

Pensando en aquel anciano que partía con el último arriero, Laura comprendió realmente cuán desierta quedaba la región. Tardarían dos días en llegar al río Gran Sioux. En todo el trayecto entre el Gran Sioux y el Jim no habría nadie más que ellos, en la casa de los topógrafos.

—¿Has visto huellas de lobos esta mañana, Papá? —preguntó Laura.

—Sí, muchísimas, todas alrededor del establo repuso su padre—. Y, por añadidura, eran muy grandes. Debían ser de lobos-búfalos, mas no pudieron entrar. Las aves se han marchado hacia el Sur y los antílopes huyeron espantados de los hombres que trabajaban en la vía, de modo que los lobos también tendrán que irse: no se quedarán donde no pueden matar nada para comer.

Después de almorzar fue al establo y, en cuanto Laura hubo concluido sus tareas domésticas, se puso el chal y salió también. Deseaba ver las huellas de los lobos.

Nunca las había visto tan enormes y profundas: aquellos lobos debían ser muy grandes y corpulentos.

—Los lobos-búfalos son los más grandes de la pradera y muy fieros —le dijo Papá—. No quisiera encontrarme con uno de ellos sin ir armado.

Examinó cuidadosamente el establo para comprobar que los tablones estaban firmemente clavados. Los aseguró con más clavos para que los muros fuesen más consistentes y puso un cerrojo adicional en la puerta.

—Si uno se rompe, el otro resistirá —comentó.

Comenzaba a caer la nieve mientras Laura le daba los clavos para que los pusiera. El viento soplaba acre y penetrante, pero era un viento despejado, no una ventisca. Aún así, era tan frío que no podían hablar.

Durante la cena dentro del confortable hogar, Papá dijo:

—No creo que los inviernos tengan que ser tan malos aquí. Parece que las ventiscas bajan a través del oeste de Minnesota. Aquí estamos más al oeste, y dicen que tres grados al oeste equivalen a un grado en el sur.

Después de cenar se reunieron todos junto al calor de la estufa. Mamá acunó a Grace lentamente y Laura le trajo a Papá la caja del violín. De nuevo se reanudaban las felices veladas invernales.

Salve, vosotros héroes, banda nacida en los cielos,
firmes y unidos estemos
tomando el partido de la libertad,
como un grupo de hermanos unidos
encontraremos paz y seguridad
¡Salve, Columbia, tierra feliz!

Papá, que cantaba acompañando el violín, miró a Mary que estaba sentada en silencio en su mecedora, junto a la estufa, con sus hermosos ojos vacíos y las manos cruzadas en el regazo.

—¿Qué quieres que toque, Mary? —le preguntó.

—Me gustaría escuchar «Mary de las Tierras Altas», Papá.

Su padre desgranó suavemente una estrofa.

—¡Vamos, Mary, canta conmigo! —dijo.

Y así lo hicieron.

Dulcemente florecía el alegre y verde abedul.
Cuán frondoso brotaba el espino blanco
mientras bajo su sombra fragante
yo la estrechaba contra mi pecho.

Las horas doradas en alas de ángeles
volaban sobre mi amada y sobre mí

> *porque amada por mí como la luz y la vida*
> *era mi dulce Mary de las Tierras Altas.*

—Es muy dulce —dijo Mary cuando se desvaneció la última nota.

—Es dulce, pero es triste —objetó Laura—. A mí me gusta «Viniendo por el centenal».

—Voy a interpretarla —se ofreció Papá—, pero no quiero cantarla solo. No es justo que corra de mi cuenta toda la actuación.

De modo que cantaron todos a coro la animada canción. Y Laura se levantó y simuló estar vadeando un río: se levantaba las faldas sobre los tobillos y se volvía hacia atrás sonriente cantando:

> *Ilka, la muchachita, tiene su mozo.*
> *No, dice, lo tengo yo.*
> *Sin embargo todos los muchachos me sonríen*
> *cuando atravieso el centenal.*

Luego el violín de Papá despidió breves, alegres y vibrantes notas y él cantó:

> *Soy el capitán Jinks de Caballería,*
> *alimento a mi potro con maíz y alubias*
> *y gasto por encima de mis posibilidades*
> *para cortejar a muchachas adolescentes,*
> *porque soy el capitán Jinks de Caballería.*
> *¡Soy un capitán del ejército!*

Papá hizo señas a Laura y ella siguió cantando acompañada por el violín.

> *Yo soy la señora Jinks de Madison Square,*
> *visto ropas elegantes y me rizo los cabellos.*
> *El capitán solía pillar borracheras*
> *y le expulsaron del ejército.*

—¡Laura! —exclamó Mamá—. ¿Crees que es una canción apropiada para que la cante una niña, Charles?

—La canta muy bien —dijo Papá—. ¡Vamos, Carrie, ahora te toca a ti! Ven aquí con Laura y veamos qué puedes hacer.

Les enseñó cómo debían cogerse las manos y seguir el ritmo de una polca. Luego la interpretó y ellas bailaron mientras él cantaba:

¡Primero el talón y luego la punta!
Así es como se siguen los pasos.
Primero el talón y luego la punta,
así es como se siguen los pasos.
Pri-me-ro-el-ta-lón-y-lue-go-la-punta...

Cada vez tocaba más deprisa, y más deprisa danzaban ellas dando pasos siempre más altos, adelante y atrás, y girando de nuevo hasta que se quedaron sin aliento y acaloradas de bailar y reír.

—Ahora intentaremos bailar un vals —propuso Papá. Y la música fluyó suavemente en deslizantes oleadas—. Flotad siguiendo las notas.

Laura y Carrie danzaron por la sala girando una y otra vez mientras Grace, sentada en el regazo de Mamá, las contemplaba con ojos asombrados y Mary escuchaba en silencio la música y el rumor de los pasos de danza.

—¡Magnífico, hijas! —dijo Papá—. Tenemos que repetirlo este invierno. Estáis creciendo y debéis aprender a bailar. Seréis unas bailarinas magníficas las dos.

—¡Oh, no te detengas, Papá! —exclamó Laura.

—Ya es hora de acostarse —dijo su padre—. Y disfrutaremos de muchas otras veladas largas y agradables antes de que llegue la primavera.

Un frío helado llegaba de la escalera cuando Laura abrió la puerta. Subió corriendo llevando la linterna encendida, seguida de Mary y Carrie que también se apresuraban. El tubo de la estufa que subía desde la sala de la planta baja despedía un suave calor. Se desnudaron a su alrededor y con dedos temblorosos se pusieron los camisones sobre la ropa interior de franela. Castañeteando los dientes se introdujeron en los fríos lechos y Laura apagó la luz.

Mary y ella se abrazaron en la oscuridad y las sábanas fueron perdiendo poco a poco el frío. Alrededor de la casa el negro helor nocturno era tan inmenso como el cielo y tan vasto como el mundo y no había nada más en él que el solitario viento.

—Mary —susurró Laura—. Creo que los lobos se han marchado. Yo no les he oído aullar ¿y tú?

—Espero que se hayan ido —repuso Mary soñolienta.

CAPÍTULO DIECISÉIS

DÍAS DE INVIERNO

El tiempo se hizo más frío. El lago de Plata se heló. Caía la nieve, pero el viento siempre dejaba el hielo despejado amontonando la nieve en las altas hierbas de las ciénagas y empujándola en oleadas sobre los bajos ribazos.

En toda la blanca pradera sólo se movía la nieve arrastrada por el viento y el único sonido que se percibía entre aquel vasto silencio era el producido por el viento.

En la confortable casa, Laura y Carrie ayudaban a Mamá en las tareas domésticas y Grace jugaba, corriendo por el amplio salón con sus vacilantes y menudos pasos. Cuando se cansaba, subía al regazo de Mary, porque era el lugar más cálido, y Mary siempre le contaba algún cuento. Oyéndola, Grace solía quedarse dormida. Entonces Mamá la acostaba en su camita portátil, junto a la estufa, y todas se instalaban dispuestas a pasar una cómoda velada tejiendo, cosiendo y haciendo ganchillo.

Papá realizaba sus tareas e inspeccionaba la hilera de trampas que había preparado a lo largo de la orilla de la Gran Ciénaga. En el cobertizo desollaba zorras, coyotes y ratas almizcleras y tendía las pieles sobre maderos para que se secaran.

La pradera estaba tan solitaria y el viento era tan frío que Mary no salía para nada. Le encantaba sentarse a coser en la grata y cálida

casa, dando pequeñas y regulares puntadas con las agujas que Laura le enhebraba.

Cuando llegaba el crepúsculo, Mary no tenía que suspender su costura.

—Puedo seguir cosiendo cuando tú ya no ves —le decía a Laura—, porque yo veo con los dedos.

—Tú coses mejor que yo, siempre lo has hecho— le respondía Laura.

Incluso a Laura le agradaban las gratas veladas meciéndose, cosiendo y charlando un poco, aunque nunca disfrutaba tanto como Mary con la costura. Solía mostrarse inquieta en la casa. Entonces iba de una a otra ventana, contemplando el remolino de copos de nieve y escuchando el rumor del viento, hasta que Mamá le decía dulcemente:

—Confieso que no comprendo qué te pasa, Laura.

Si brillaba el sol, Laura, por mucho frío que hiciese, tenía que salir. Si Mamá se lo permitía, ella y Carrie, bien protegidas con abrigos, capuchas, zapatos, mitones y bufandas, salían a patinar al lago de Plata. Se cogían de las manos, corrían un breve trecho y luego se deslizaban sobre el oscuro y liso hielo. Primero sobre un pie y luego sobre el otro, con breves carreras entre los resbalones, iban y venían, jadeantes, riendo satisfechas.

Eran unos días maravillosos aquellos en que salían entre el resplandor del intenso frío. Luego resultaba placentero regresar al cálido y confortable hogar y también agradable cenar y pasar la velada entre músicas, cantos y danzas. Laura se sentía más feliz que nadie.

Un día de tormenta, Papá trajo un tablero ancho y cuadrado, lo acercó a la estufa y con el lápiz señaló pequeños cuadros en un lado plano.

—¿Qué estás haciendo, Papá? —preguntó Laura.

Y él le respondió:

—Aguarda y lo verás.

Calentó la punta del atizador del fuego al rojo vivo y fue ennegreciendo cuidadosamente los cuadritos de modo alternativo.

—La curiosidad acabará conmigo, Papá —se lamentó Laura.

—Pareces muy saludable —repuso él.

Y siguió sentado, atormentándola y recortando hasta que hubo hecho veinticuatro cuadrados de madera, la mitad de los cuales depositó en el horno caliente hasta que ennegrecieron totalmente.

Seguidamente ordenó todas aquellas piezas en los cuadrados señalados en el tablero y lo colocó en sus rodillas.

—¡Vamos, Laura! —exclamó.

—¿Qué es? —preguntó la niña.

—Son damas y éste es el tablero para jugar. Acerca tu silla y te enseñaré cómo se juega.

Aprendió tan bien que antes de que concluyese la tormenta había ganado una partida a Papá. Pero después, ya no jugaron con tanto entusiasmo: a Mamá no le gustaba aquel juego ni a Carrie, de modo que al concluir una partida Papá siempre arrinconaba el tablero.

—Las damas es un juego egoísta porque sólo pueden jugar dos personas con él —dijo—. Tráeme el violín, Polvorilla.

Capítulo Diecisiete

LOBOS EN EL LAGO DE PLATA

Una noche la luna proyectaba su luz plateada, la tierra era infinitamente blanca y no soplaba el viento.

Tras las ventanas, a lo lejos, se extendía un mundo blanco entre un resplandor helado y el cielo era una curva de luz. Laura no lograba concentrarse en nada. No deseaba jugar, apenas oía siquiera la música del violín de Papá. No quería bailar, pero sentía deseos de moverse rápidamente: tenía que salir a algún lugar.

—¡Carrie! —exclamó de repente—. ¡Vamos a patinar sobre el hielo!

—¿De noche, Laura? —se asombró Mamá.

—Hay mucha luz —repuso ella—. Casi tanta como si fuese de día.

—No pasará nada, Caroline —dijo Papá—. No hay nada que pueda causarles daño si no están ausentes demasiado tiempo y no hiela.

De modo que Mamá dijo:

—Podéis salir un ratito. No os retraséis demasiado o pillaréis frío.

Laura y Carrie se pusieron apresuradamente abrigos, capuchas y mitones. Sus zapatos eran nuevos y de gruesas suelas. Mamá había tejido sus medias de lana y sus rojas prendas interiores de franela les llegaban hasta las rodillas y se abrochaban en una ajustada cinta en torno a cada media. Sus enaguas de franela eran gruesas y cálidas y los vestidos y abrigos que llevaban eran de lana, así como sus capuchas y mitones.

Cuando salieron de la confortable casa se encontraron con un aire tan frío que les quitó la respiración. Corrieron por el nevado sendero que discurría desde la pequeña colina hasta los establos. Entonces siguieron el camino que los caballos y la vaca habían formado cuando Papá les conducía entre la nieve a abrevarse en el agujero que había abierto en el helado lago.

—No debemos acercarnos al agujero del lago —dijo Laura.

Y condujo a Carrie por la orilla hasta que se encontraron muy lejos de él. Entonces se detuvieron a contemplar la noche.

Era tan hermosa que quitaba la respiración. La enorme luna redonda pendía del cielo y vertía su resplandor sobre un mundo plateado. Lejos, muy lejos en todas direcciones, se extendía la llanura inmóvil, brillando plácidamente como si estuviera hecha de suave luz. En medio se encontraba el oscuro y liso lago atravesado por un resplandeciente sendero formado por la luz de la luna. Altas hierbas se levantaban en negras hileras entre la nieve arrastrada hasta las ciénagas.

El establo se recortaba negro y pequeño junto al ribazo y en la pequeña colina se levantaba la negra casa de los topógrafos con su luz amarilla en la ventana parpadeando en la oscuridad.

—¡Qué tranquilo está todo! —susurró Carrie—. ¡Fíjate qué serenidad se respira!

A Laura le palpitaba con fuerza el corazón. Sentía que formaba parte de aquel vasto territorio, del cielo lejano y profundo y de la brillante luz lunar. Deseaba volar. Pero Carrie era pequeña y casi tenía miedo, de modo que sujetó la mano de su hermana y le dijo:

—¡Vamos a patinar, Carrie! ¡Vamos, corre!

Cogidas de las manos recorrieron un trecho. Luego, primero con el pie derecho, se deslizaron por la lisa superficie del hielo mucho más lejos de lo que habían corrido.

—¡Vamos por el sendero de la luna, Carrie! ¡Sigamos ese sendero! —exclamó Laura.

Y así fueron corriendo y patinando una y otra vez por el resplandeciente camino formado por la luz de la luna. Cada vez se alejaban más de la orilla dirigiéndose hacia el alto ribazo del lado opuesto.

Se inclinaban y casi parecían volar. Si Carrie perdía el equilibrio, la sostenía Laura; si Laura se sentía insegura, se sujetaba a la mano de Carrie.

Se detuvieron ya próximas a la orilla opuesta, casi a la sombra del alto ribazo. Laura alzó de modo instintivo la mirada a lo alto del ribazo.

¡Y allí, recortándose su negra figura contra la luz de la luna, se encontraba un enorme lobo!

El animal la estaba mirando. El viento agitaba su piel y la luz de la luna parecía recorrerla.

—Regresemos —dijo Laura rápidamente al tiempo que se volvía arrastrando consigo a Carrie—. Yo puedo correr más que tú.

Corrió, patinó y volvió a correr lo más deprisa posible, y Carrie mantuvo su marcha.

—También yo lo vi —le dijo Carrie jadeante—. ¿Verdad que era un lobo?

—¡No hables! —ordenó Laura—. ¡Apresúrate!

Laura distinguía el ruido de sus pies corriendo y patinando por el hielo. Trató de advertir algún sonido a sus espaldas, pero no percibió nada. Siguieron corriendo y patinando sin pronunciar palabra hasta que llegaron al sendero contiguo al agujero practicado en el hielo. Mientras corrían por él, Laura miró hacia atrás, mas no distinguió nada en el lago ni en la orilla opuesta.

Las niñas no dejaron de correr. Subieron apresuradamente la colina hasta la casa, abrieron la puerta trasera y entraron a toda prisa en el cobertizo. Siguieron corriendo, irrumpieron por la puerta en la sala y cerraron de golpe a sus espaldas. Luego se apoyaron contra ella, jadeantes.

Papá se puso bruscamente en pie.

—¿Qué sucede? —exclamó—. ¿Qué os ha asustado?

—Era un lobo, ¿verdad, Laura? —balbució Carrie.

—¡Era un lobo, Papá! —barbotó Laura, tratando de normalizar su respiración—. Un lobo grande, enorme. Y tuve miedo de que Carrie no pudiera correr bastante, pero sí lo hizo.

—¡Sabía que lo haría! —exclamó Papá—. ¿Dónde está ese lobo?

—No lo sé. Ha desaparecido —repuso Laura.

Mamá les ayudó a quitarse los abrigos.

—Sentaos y descansad. Estáis sin aliento —les dijo.

—¿Dónde estaba el lobo? —insistió Papá.

—Encima del ribazo —dijo Carrie.

—El alto ribazo del otro lado del lago —aclaró Laura.

—¿Llegasteis hasta allí? —preguntó Papá sorprendido—. ¡Y corristeis todo ese trecho después de verlo! No se me había ocurrido que pudieseis ir tan lejos. Eso está a más de media milla de distancia.

—Seguíamos el sendero formado por la luna —le explicó Laura.

Papá la miró de forma extraña.

—Creí que esos lobos ya se habrían ido. Ha sido un descuido por mi parte: mañana saldré a cazarlos.

Mary seguía inmóvil, pero estaba muy pálida.

—¡Oh, niñas! —casi susurró—. ¡Imaginad que os hubiera alcanzado!

Todos permanecieron en silencio mientras Laura y Carrie descansaban. Laura se alegraba de estar a salvo en aquella confortable habitación y que la solitaria pradera quedase en el exterior. Si algo hubiese sucedido a Carrie, habría sido culpa suya por llevársela tan lejos, al otro lado del lago.

Pero nada había sucedido. Casi creía volver a ver al gran lobo con el viento agitando los reflejos de la luz de la luna en su piel.

—¡Papá! —dijo en un susurro.

—¿Qué, Laura? —repuso él.

—Espero que no encuentres al lobo, Papá —le dijo Laura.

—¿Por qué no? —se sorprendió Mamá.

—Porque no nos persiguió, Papá, y podía habernos capturado.

El prolongado y salvaje aullido de un lobo surgió y se desvaneció entre el silencio de la noche.

Otro aullido le respondió. De nuevo reinó la calma.

Laura sintió que el corazón le daba un vuelco en el pecho y se puso instintivamente de pie. Se alegró al sentir la firme mano de su madre en el brazo.

—¡Pobre pequeña! Estás más nerviosa que una hoja en la rama y no es de asombrar —dijo quedamente.

Mamá eligió una plancha muy caliente de la parte posterior de la estufa, la envolvió con un paño y se la entregó a Carrie.

—Es hora de acostarse —le dijo—. Aquí tienes la plancha caliente para los pies.

—Y aquí está la tuya, Laura —añadió envolviéndole otra—. Asegúrate de que la pones en medio del lecho de modo que también caliente los pies a Mary.

Mientras Laura cerraba la puerta de la escalera tras ellas, Papá habló seriamente con Mamá. Pero Laura no pudo escuchar lo que le decía porque le zumbaban los oídos.

Capítulo Dieciocho

PAPÁ ENCUENTRA LA HACIENDA

Al día siguiente, después de almorzar, Papá empuñó su escopeta y salió. Toda aquella mañana Laura estuvo tratando de percibir algún disparo aunque sin desear oírlo. Durante toda la mañana estuvo recordando al enorme lobo sentado inmóvil, cuya densa piel se estremecía a la luz de la luna.

Papá llegó tarde a comer. Era mucho más de mediodía cuando se sacudía la nieve de los pies en el cobertizo. Entró y colgó en la pared su escopeta y también su gorra y su abrigo. Dejó suspendidos los mitones de una cuerda tras la estufa por los pulgares para que se secaran. Luego se lavó la cara y las manos en la jofaina de estaño que estaba en el banco y se peinó los cabellos y la barba ante el espejito que pendía sobre él.

—Siento haberte hecho esperar, Caroline —dijo—. Estuve ausente más tiempo de lo que pensaba. Fui más lejos de lo que suponía.

—No importa, Charles, he mantenido caliente la comida —respondió Mamá—. ¡Venid a la mesa, niñas! ¡No hagáis esperar a Papá!

—¿Hasta dónde fuiste, Papá? —preguntó Mary.

—Más de diez millas en total —repuso él—. Estuve siguiendo las huellas de aquel lobo.

—¿Lo cazaste, Papá? —se interesó Carrie.

Laura permanecía en silencio.

Papá sonrió a Carrie y le dijo:

—¡Vamos, vamos, no hagas preguntas! Ya te lo contaré. Crucé el lago, siguiendo las huellas que vosotras dejásteis anoche. ¿Y os imagináis qué encontré en el alto ribazo donde visteis al lobo?

—¡Encontraste al lobo! —repuso Carrie satisfecha.

Laura seguía sin decir nada. La comida se le atravesaba en la garganta; no podía ingerir el menor bocado.

—Encontré su guarida —dijo Papá—, y las mayores huellas de lobos que he visto en mi vida. ¡Muchachas, anoche había dos grandes lobos-búfalos en aquella guarida!

Marie y Carrie se quedaron boquiabiertas.

—¡Charles! —exclamó Mamá.

—Es tarde para asustarse —les dijo Papá—. Pero eso es lo que hicisteis vosotras. Fuisteis directamente a la guarida de los lobos y allí estaban ellos.

»Las huellas eran frescas y todo demostraba evidentemente lo que estaban haciendo. Es una guarida antigua y por sus proporciones no son lobos jóvenes. Diríase que la han estado ocupando durante años, pero que este invierno ya no vivían allí.

»En algún momento durante el día de ayer llegaron desde el noroeste y fueron directamente a la guarida. Permanecieron por allí, entrando y saliendo, quizás hasta esta mañana. Yo seguí sus huellas desde allí, a lo largo de la Gran Ciénaga y hasta la pradera, en el sudoeste.

»Desde que dejaron su antiguo hogar esos lobos no se detuvieron un instante. Avanzaron trotando, uno junto a otro, como si emprendieran un largo viaje y supieran adónde se dirigían. Les seguí bastante lejos hasta asegurarme de que no tenía que dispararles. Se han ido para no volver.

Laura suspiró profundamente como si hasta entonces hubiera contenido la respiración. Papá la miró.

—¿Te alegras de que se fueran, Laura? —le preguntó.

—Sí, Papá —respondió ella—. Ellos no nos persiguieron.

—No, Laura, no os persiguieron. Y por mi vida, que no logro imaginar por qué no lo hicieron.

—¿Y qué estaban haciendo en aquella vieja guarida? —se interesó Mamá.

—La contemplaban —dijo Papá—. Creo que regresaron para visitar el antiguo lugar donde vivían antes de que llegaran los ferroviarios y se marchasen los antílopes. Quizás ya la utilizaran para vivir aquí antes de que los cazadores sacrificaran el último búfalo. Los lobos-búfalos estuvieron en otro tiempo por toda esta región, pero ahora ya quedan pocos, ni siquiera los hay por aquí. Los tendidos de las vías y las colonizaciones les van empujando hacia el Oeste. Algo es seguro si creo entender las huellas de los animales salvajes: esos dos lobos venían directamente del Oeste y regresaban al Oeste, y lo único que hicieron aquí fue detenerse una noche en la vieja guarida. Y no me sorprendería que fuesen casi los últimos lobos-búfalos que se verán en esta parte del país.

—¡Oh, Papá, pobres lobos! —se apenó Laura.

—¡Pobres de nosotros! —intervino Mamá con viveza—. Bastante hay de que preocuparse sin pensar en los sentimientos de las bestias salvajes. Dad gracias de que anoche esos animales no hicieran nada más que asustaros.

—Eso no es todo, Caroline —anunció Papá—. Tengo noticias: he encontrado nuestra hacienda.

—¡Oh!, ¿dónde, Papá? ¿Cómo es? ¿Está muy lejos? —preguntaron excitadas Mary, Laura, y Carrie.

—¡Magnífico, Charles! —dijo Mamá.

Papá apartó su plato, se bebió el té, se enjugó el bigote y dijo:

—Es perfecta en todos los sentidos. Se encuentra al sur, donde el lago se une a la Gran Ciénaga que rodea toda su parte occidental. Hay un montículo en la pradera, hacia el sur de la ciénaga, que será un lugar magnífico donde construir. Una pequeña colina, exactamente al oeste, arrincona la ciénaga por aquel lado. En la parcela hay zona alta para henar y, al sur, terreno para labrar y buenos pastos en toda su extensión, todo cuanto puede pedir un campesino. Y está cerca del lugar proyectado para levantar el pueblo, de modo que las niñas podrán ir a la escuela.

—¡Me alegro, Charles! —dijo Mamá.

—Resulta divertido —observó Papá—. He estado buscando por toda esta zona desde hace meses y no acababa de encontrar una parcela que me pareciese conveniente. Y ésa estaba ahí en todo momento. Probablemente jamás la hubiese descubierto si la persecución del lobo no me hubiese obligado a atravesar el lago y seguir la ciénaga por aquel lado.

—¡Ojalá la hubieras registrado el otoño pasado! —comentó Mamá, preocupada.

—No habrá nadie aquí este invierno —repuso Papá muy convencido—. Iré a Brookins y registraré la propiedad la próxima primavera, antes de que llegue alguien en busca de una hacienda.

Capítulo Diecinueve

VÍSPERA DE NAVIDAD

Había nevado todo el día y aún seguían cayendo grandes y blandos copos. No corría aire y la nieve se asentaba en la tierra. Papá se llevó la pala cuando salió a realizar sus tareas vespertinas.

—¡Ésta es una blanca Navidad! —dijo.

—Sí, y estamos todos perfectamente, por lo que también es una feliz Navidad —afirmó Mamá.

La casa de los topógrafos estaba llena de secretos. Mary había tejido unos confortables calcetines como regalo navideño para Papá; Laura le había hecho un corbatín con un trozo de seda que encontró en la bolsa de retales de su madre; Carrie y ella, en el ático, habían confeccionado un delantal para Mamá de una de las cortinas de percal que tenían en la cabaña. En la bolsa de retales encontraron un trozo de delicada y blanca muselina. Laura cortó un pequeño rectángulo de ella, Mary cosió secretamente el dobladillo con puntadas menudas y así hicieron un pañuelo para Mamá que guardaron en un bolsillo del delantal. Envolvieron la prenda con papel de seda y lo escondieron bajo los montones de pedazos acolchados de la caja de Mary.

Tenían una manta con franjas rojas y verdes en los extremos. La manta era ya vieja, pero los bordes a franjas estaban en buen estado y de ellos había cortado Mamá pedazos para hacer unos zapatitos de dormir para Mary. Laura había hecho uno y Carrie el otro, cosiéndolos, volviéndolos y rematándolos pulcramente con cordones y borlas de hilo.

Los zapatitos estaban cuidadosamente escondidos en el dormitorio de Mamá para que Mary no los encontrase.

Laura y Mary querían hacerle mitones a Carrie, mas no disponían de bastante material. Había unos trozos de lino blanco, rojo y azul, pero insuficientes cada uno de ellos.

—¡Ya está! —exclamó Mary—. ¡Haremos las manos blancas y los puños a franjas rojas y azules!

Cada mañana cuando Carrie hacía su cama en el ático, Laura y Mary tricotaban lo más rápidamente posible y, cuando la oían bajar la escalera, escondían los mitones en el cesto de tricotar de Mary. Los mitones ya estaban acabados.

El obsequio navideño de Grace sería el más hermoso de todos. Habían trabajado en él todas juntas en la confortable habitación, porque Grace era tan pequeña que no se daba cuenta de nada.

Mamá había sacado la piel del cisne de su cuidadosa envoltura y cortado una capuchita de ella. La piel era tan delicada que Mamá no confió a nadie su manejo y ella misma cosió la prenda, pero dejó que Laura y Carrie hicieran el forro con retales de seda azul. Cuando Mamá uniera el forro a la capucha de la delicada piel, no se rompería.

Luego Mamá buscó de nuevo en la bolsa de retales y encontró un gran pedazo de suave lanilla azul que en otros tiempos fuera su mejor vestido de invierno, del que hizo un abriguito. Laura y Carrie cosieron las costuras y las plancharon, Mary cosió la orilla con menudas puntadas y Mamá le añadió cuello y puños con tiras estrechas de la suave piel del cisne.

El abriguito azul rematado con la blanca piel y la delicada capucha con su forro tan azul como los ojos de Grace era una preciosidad.

—Es como hacer vestiditos a las muñecas —comentó Laura.

—Grace será más encantadora que ninguna muñeca —dijo Mamá.

—¡Pongámoselo ahora! —exclamó Carrie bailando excitada.

Pero Mamá opinó que el abrigo y la capucha debían guardarse hasta Navidad y así lo hicieron. Ahora estaban esperando a que llegara el día siguiente.

Papá había salido a cazar. Dijo que se proponía conseguir la liebre más grande del territorio para la cena navideña. Y así fue. Por lo menos trajo a casa la mayor liebre que habían visto en su vida. Desollada, limpia y muy tiesa por el frío aguardaba ahora en el cobertizo para ser asada al día siguiente.

Papá llegó del establo sacudiéndose la nieve de los pies. Se quitó el hielo del bigote y acercó sus manos al calor que despedía la estufa.

—¡Diablos! —dijo—. Esta oleada de frío es una maravilla en Nochebuena. Hace demasiado frío para que Santa Claus no venga.

Y guiñó un ojo a Carrie.

—¡No necesitamos a Santa Claus! ¡Nosotras hemos...! —comenzó Carrie. De pronto se tapó la boca con la mano y miró rápidamente a Laura y Mary para comprobar si habían advertido cuan a punto había estado de revelar sus secretos.

Papá se volvió para calentarse la espalda con el calor de la estufa y las contempló satisfecho.

—De todos modos estamos cómodamente bajo techado —dijo—. Ellen, Sam y David también están bien guarecidos y les he dado pienso extraordinario por ser Nochebuena. Sí, es una hermosa Navidad, ¿verdad, Caroline?

—Sí, Charles, así es —respondió ella.

Puso en la mesa el cuenco de gachas calientes de harina de maíz y vertió leche sobre ellas.

—Vamos, come. Una cena caliente te calentará más deprisa que cualquier otra cosa, Charles.

Durante la cena hablaron de otras Navidades. Habían pasado juntos muchas Navidades y allí estaban de nuevo, todos juntos, cómodos, bien alimentados y felices. Arriba, en la caja de Laura aún estaba Charlotte, la muñeca de trapo que recibió en la media de Navidad cuando estaban en los Grandes Bosques. Las tacitas de estaño y los centavos navideños del territorio indio ya habían desaparecido, pero Laura y Mary recordaban al señor Edwards que había caminado cuarenta millas hasta Independence y luego regresado para llevar aquellos regalos de Santa Claus. No habían vuelto a tener noticias del señor Edwards desde que emprendió la marcha hacia el río Verdigrís y se preguntaban qué habría sido de él.

—Dondequiera que se encuentre, confío que sea tan feliz como nosotros —dijo Papá.

Dondequiera que estuviese le recordaban y le deseaban felicidad.

—Y tú estás aquí, Papá —dijo Laura—. No te has perdido en una ventisca.

Por un momento todas miraron en silencio a Papá, recordando aquella espantosa Navidad en que no había retornado al hogar y temían que jamás lo hiciese.

A Mamá se le llenaron los ojos de lágrimas. Trató de disimularlas, pero tuvo que enjugárselas con la mano. Todos simularon no advertirlas.

—Es de reconocimiento, Charles —dijo ella sonándose la nariz.

Entonces Papá estalló en ruidosas carcajadas.

—¡Aquélla fue una buena jugada! —exclamó—. Me estuve muriendo de hambre durante tres días y sus noches, comiendo galletas de ostras y caramelos de Navidad y en todo momento estuve cerca de la orilla de nuestro propio río, a menos de cien yardas de la casa.

—Creo que la mejor Navidad fue la del árbol de la escuela dominical —dijo Mary—. Tú eras demasiado pequeña para recordarlo, Carrie, pero ¡oh, qué maravilloso fue!

—En realidad no fue tan buena como ésta —observó Laura—. Porque ahora Carrie es bastante mayor para recordar y tenemos a Grace.

Estaba Carrie, el lobo no le había causado ningún daño. Y en el regazo de Mamá se hallaba Grace, su hermanita pequeña, con sus cabellos como rayos de sol y los ojos tan azules como violetas.

—Sí, ésta es la mejor de todas —decidió Mamá—. Y quizás el año próximo haya aquí una escuela dominical.

La gachas habían desaparecido. Papá apuró la última gota de leche de su cuenco y tomó el té.

—Bien —dijo—, no podemos tener un árbol porque en el lago de Plata ni siquiera hay un matorral y de todos modos tampoco lo queremos sólo para nosotros. Pero podemos celebrar una sencilla fiesta de escuela dominical a nuestro aire, Mary.

Fuer a buscar su violín y mientras Mamá y Laura lavaban los cuencos y la olla y los recogían, él afinó el instrumento y frotó el arco con resina.

Había una gruesa capa de escarcha en los cristales que se amontonaba asimismo en las rendijas alrededor de la puerta. En las ventanas, contra los claros limpios superiores de los cristales, revoloteaban densos copos de nieve. Pero la luz de la lámpara brillaban sobre el mantel rojo y blanco y el fuego chisporroteaba tras las rendijas de la estufa.

—No podemos cantar aún habiendo cenado hace tan poco —dijo Papá—, de modo que iré preparando el violín.

Y tocó las alegres notas de «Río abajo en Ohio», «Por qué suenan tan alegres las campanas» y

> *¡Sonad, campanas, sonad campanas,*
> *no dejéis de sonar!*
> *¡Oh, qué divertido es cabalgar*
> *en trineo descubierto tirado por un caballo.*

Luego se detuvo y les sonrió.

—¿Ya estáis dispuestas para cantar? —les preguntó.

El tono del violín cambió: se disponía a iniciar un himno. Papá desgranó algunas notas y seguidamente cantaron todos:

> *Despierta una hermosa mañana,*
> *llegan tiempos mejores.*
> *Todo el mundo despertará*
> *en un nuevo y dorado amanecer.*

Y muchas naciones vendrán y dirán:
«¡Venid, subamos a las montañas del Señor!
¡Él nos enseñará a seguir sus caminos
y caminaremos siguiendo sus huellas!»

La voz del violín se disipó, Papá parecía estar interpretando sus propios pensamientos. Pero de ellos brotaba una melodía que latió suavemente hasta que todas se unieron a ella y cantaron:

El sol reanimará la hierba con su calor,
el rocío a las marchitas flores
y los ojos brillantes observarán la luz
de la hora en que comienza el otoño.

Pero las palabras que respiran ternura
y las sonrisas que sabemos sinceras
son más cálidas que el verano
y más brillantes que el rocío.

No es mucho lo que puede dar el mundo
con todas sus sutiles artes
que halagan al corazón
y el oro y las gemas no son cosas
que satisfagan al corazón,
pero ¡oh!, si aquellos que se agrupan en torno
al altar y el hogar
tienen palabras amables y cariñosas sonrisas
¡cuán hermosa es la tierra!

—¿Qué es eso? —exclamó Mary interrumpiendo la música.
—¿Qué, Mary? —preguntó Papá.
—Creí haber oído... ¡Escuchad! —dijo Mary.
Todos prestaron atención. La lámpara producía un leve zumbido y los carbones chisporroteaban suavemente dentro de la estufa. Más allá del breve espacio que llenaba de blanca escarcha las ventanas, caían copos blancos que parpadeaban a la luz de la lámpara y brillaban a través del vidrio.
—¿Qué creíste haber oído, Mary? —insistió Papá.
—Parecía como... ¡se oye otra vez!
En aquella ocasión todos oyeron un grito. En la noche, entre la tormenta, un hombre gritaba. Y gritó de nuevo, muy cerca de la casa.
Mamá se levantó.
—¡Charles!, ¿quién diablos puede ser?

Capítulo Veinte

NOCHEBUENA

Papá dejó el violín en su caja y abrió rápidamente la puerta principal. La nieve y el viento entraron en remolinos y de nuevo sonó un ronco grito:

—¡Eh, Ingalls!

—¡Es Boast! —exclamó Papá—. ¡Venid, venid!

Agarró su chaqueta y su sombrero, se los echó por encima y salió al frío exterior.

—¡Debe estar helado! —dijo Mamá, apresurándose a echar más carbón al fuego.

Desde afuera llegaban voces y las risas del señor Boast.

Luego se abrió la puerta y Papá gritó:

—¡Ha venido la señora Boast, Caroline! ¡Vamos a guardar los caballos!

La señora Boast se ocultaba bajo un informe bulto de abrigos y mantas. Mamá corrió a ayudarla a quitarse capa tras capa de ropa.

—¡Venga junto al fuego! ¡Debe estar casi helada!

—¡Oh, no! —respondió una agradable voz femenina—. Sobre el caballo se iba caliente y Robert me abrigó tanto con todas esas mantas que el frío no podía alcanzarme. Incluso conducía él el caballo para que tuviera las manos tapadas.

—De todos modos este velo está helado —dijo Mamá desplegando metros y metros de helado velo de la cabeza de la señora Boast.

Entonces apareció el rostro de la mujer enmarcado por una capucha ribeteada de piel. La señora Boast no parecía mucho mayor que Mary, sus cabellos eran castaños claros y sus ojos, azules y de largas pestañas.

—¿Ha recorrido todo este camino a caballo, señora Boast? —le preguntó Mamá.

—¡Oh, no! Sólo unas dos millas. Viajábamos en un *bobsleigth*, pero el tronco de caballos y el trineo cayeron por la nieve —dijo—. Robert recuperó los animales, mas tuvo que dejar el trineo.

—Comprendo —repuso Mamá—. La nieve se amontona sobre las altas hierbas de la ciénaga, uno no sabe dónde está y la hierba de debajo no sostiene peso alguno.

Ayudó a la señora Boast a quitarse el abrigo.

—Siéntese en mi silla, señora Boast. Es el lugar más calentito —la invitó Mary.

Pero la señora Boast dijo que se sentaría junto a ella.

Papá y el señor Boast entraron en el cobertizo sacudiéndose ruidosamente la nieve de los zapatos. El señor Boast reía y en la casa reían todos, incluso Mamá.

—No sé la razón —dijo Laura a la señora Boast—. Ni siquiera sabemos cuál es el motivo, pero cuando el señor Boast ríe...

También reía la señora Boast.

—Sí, su risa es contagiosa —dijo.

Laura se fijó en sus ojos azules y alegres y pensó que aquella sería una Navidad divertida.

Mamá removía la pasta de un bizcocho.

—¿Cómo se encuentra, señora Boast? —le dijo—. Usted y su marido deben estar muertos de hambre. La cena estará preparada en un momento.

Laura sancochó unas lonchas de tocino salado en una sartén y Mamá metió los bizcochos en el horno. Luego secó el tocino, enharinó las lonchas y las puso a freír mientras Laura pelaba y cortaba patatas.

—Las freiré también —le dijo Mamá en voz baja cuando estaban en la despensa— y haré salsa de leche y una tetera bien cargada. Podemos arreglarnos bastante bien con la comida, ¿pero cómo lo haremos con los regalos?

Laura no había pensado en ello: no tenían regalos para los señores Boast. Mamá salió rápidamente de la despensa para freír las patatas y hacer la salsa y Laura puso la mesa.

—Nunca había disfrutado tanto con una comida —dijo la señora Boast cuando hubieron acabado.

—No les esperábamos hasta la primavera —dijo Papá—. El invierno es una época mala para emprender semejante viaje.

—Así lo creíamos también —respondió el señor Boast—. No sé si lo sabrá, señor Ingalls, pero todo el país se trasladará al Oeste esta primavera. En Iowa piensan venir todos aquí y comprendimos que debíamos adelantarnos a la multitud para impedir que cualquier usurpador se instalara en nuestra hacienda. Por ello decidimos emprender la marcha, hiciera el tiempo que hiciese. Debería haber registrado usted su hacienda en otoño: ahora tendrá que apresurarse en primavera o no encontrará terreno.

Papá y Mamá cambiaron una grave mirada. Estaban pensando en la hacienda que él había encontrado. Pero Mamá se limitó a decir:

—Se hace tarde y la señora Boast debe estar cansada.

—Lo estoy —respondió ella—. El viaje ha sido muy pesado y luego hemos tenido que abandonar el trineo y venir a caballo entre la tormenta de nieve. Nos alegramos muchísimo al ver su luz. Y cuando nos aproximamos y les oímos cantar, no saben lo bien que sonaron sus voces en nuestros oídos.

—Llévate a la señora Boast contigo, Caroline, y su esposo y yo nos acostaremos junto al fuego —dijo Papá—. Cantaremos otra canción y luego las niñas se irán en seguida.

Cogió de nuevo el violín que estaba guardado en la caja y lo probó para ver si estaba afinado.

—¿Qué será, Boast?

—«Feliz Navidad en todas partes» —dijo el señor Boast.

Y unió su voz de tenor a la voz de bajo de Papá. Les siguieron el suave alto de la señora Boast, las sopranos Laura y Mary y luego la contralto de Mamá. El tono de pequeña tiple de Carrie sonaba feliz.

Feliz, feliz Navidad en todas partes
alegre suena en el aire
campanas de Navidad, árboles de Navidad
olores navideños en la brisa.
¿Por qué estaremos tan alegres
y cantaremos con agradecido júbilo?
Ved el Sol de la Justicia
iluminando la tierra.

Luz para vagabundos cansados
consuelo para los oprimidos,
Él guiará a quienes en Él confían
al perfecto reposo.

—¡Buenas noches! ¡Buenas noches! —dijeron todos.

Mamá subió a recoger las ropas del lecho de Carrie para Papá y el señor Boast.

—Sus mantas están empapadas —dijo—. Vosotras tres podéis compartir la cama por una noche.

—¿Y qué haremos con los regalos, Mamá? —susurró Laura.

—No te preocupes, ya lo arreglaremos —le respondió su madre también en un susurro—. ¡Vamos, a dormir, niñas! —gritó—. ¡Buenas noches! ¡Que descanséis!

Abajo, la señora Boast seguía canturreando quedamente:

—«Luz para vagabundos cansados...»

Capítulo Veintiuno

FELIZ NAVIDAD

Laura oyó como Papá y el señor Boast cerraban la puerta cuando salían a realizar sus tareas matinales. Se vistió castañeteándole los dientes por causa del frío y bajó corriendo para ayudar a Mamá a preparar el almuerzo.

Pero la señora Boast ya se le había adelantado. La habitación estaba caliente, con la estufa encendida. Las gachas se freían en la plancha larga. La tetera estaba hirviendo y, la mesa, puesta.

—¡Feliz Navidad! —exclamaron al unísono su madre y la señora Boast.

—¡Feliz Navidad! —respondió Laura dirigiéndose a la mesa.

En cada lugar el plato estaba boca arriba sobre el tenedor y el cuchillo, como de costumbre. Pero en el fondo de los platos había paquetes, unos pequeños y otros grandes, algunos envueltos en papel de seda de colores y otros en papel más sencillo, atados todos ellos con cintas de colores.

—¿Ves, Laura?, como anoche no colgamos las medias tendremos que recoger nuestros regalos de la mesa durante la comida —dijo Mamá.

Laura volvió a subir y les explicó a Mary y a Carrie cómo estaba dispuesta la mesa de Navidad.

—Mamá sabía dónde estaban escondidos todos los regalos menos el suyo —dijo—. Están todos en la mesa.

—¡Pero no podemos tener regalos! —gimió Mary horrorizada—. ¡No tenemos nada para los señores Boast!

—Mamá lo habrá solucionado —respondió Laura—, así me lo dijo anoche.

—¿Qué puede hacer? —inquirió Mary—. ¡No sabíamos que iban a venir! ¡No tenemos nada para darles!

—Mamá puede arreglarlo todo —dijo Laura.

Buscó el regalo destinado a su madre que estaba escondido en la caja de Mary y se lo ocultó en la espalda mientras bajaban la escalera. Carrie se interpuso entre ella y Mamá mientras Laura depositaba rápidamente el paquete sobre su plato. Había un paquetito en el plato de la señora Boast y otro en el de su marido.

—¡Oh, no puedo esperar! —susurró Carrie frotándose las manitas.

Su puntiagudo rostro estaba pálido y tenía los ojos muy abiertos y brillantes.

—Sí que puedes: todas tendremos que hacerlo —respondió Laura.

A Grace le resultaba más fácil porque era tan pequeña que no reparaba en la mesa navideña. Pero incluso ella estaba tan excitada que Mary apenas podía abrocharle el vestido.

—¡Feliz Navidad, feliz Navidad! —gritó la niña escabulléndose.

Y al verse libre corrió gritando hasta que Mamá le dijo suavemente que las niñas deben ser vistas pero no oídas.

—Ven, Grace, y podrás verlos —dijo Carrie.

Había soplado despejando un amplio espacio de escarcha en los cristales y allí se asomaron turnándose para mirar hacia afuera hasta que Carrie exclamó:

—¡Por fin llegan!

Tras limpiarse ruidosamente la nieve de las botas en el cobertizo, Papá y el señor Boast entraron en la casa.

—¡Feliz Navidad! ¡Feliz Navidad! —exclamaron todos.

Grace corrió detrás de Mamá y se aferró a sus faldas, asomándose desde atrás para mirar a aquel desconocido. Papá la tomó en brazos y la tiró por los aires, tal como solía hacer con Laura cuando también era pequeña. Y Grace gritaba y reía al igual que Laura solía hacerlo. Laura tenía que esforzarse por recordar que ya era una muchacha crecida para no echarse también a reír estentóreamente. Eran muy felices en aquel ambiente cálido repleto de buenos olores a guisos y con invitados para pasar la Navidad en aquella casa tan acogedora. La luz que se filtraba por los cristales forrados de escarcha era plateada y mientras se sentaban ante aquella emocionante mesa navideña la ventana de la parte este se volvía dorada; afuera, la tranquila e inmensa pradera nevada estaba inundada por el sol.

—Usted primero, señora Boast —dijo Mamá, porque ella era la invitada.

De modo que la señora Boast abrió su paquete descubriendo en él un pañuelo de linón ribeteado con fino encaje de ganchillo que Laura reconoció en seguida: era el mejor pañuelo de los domingos de Mamá. La señora Boast estuvo encantada y muy sorprendida de que hubiese un regalo para ella.

También lo estuvo el señor Boast. A él le correspondieron unas muñequeras tejidas a listas rojas y grises y que le iban perfectamente. Eran las muñequeras que Mamá había tejido para Papá. Pero podía hacer otras para él y los invitados debían recibir sus obsequios navideños.

Papá dijo que sus calcetines nuevos eran exactamente cómo los necesitaba: que evitarían que el frío de la nieve se le calara por las botas. Y admiró el corbatín que Laura le había hecho.

—¡Me lo pondré en seguida después de comer! —dijo—. ¡Por San Jorge, ahora sí que estaré bien vestido para Navidad!

Todos se maravillaron cuando Mamá desenvolvió su bonito delantal. Se lo puso inmediatamente y se levantó para que todos lo vieran. Estuvo examinando la orilla y sonrió a Carrie.

—¡Qué bien orillas, Carrie! —le dijo.

Luego sonrió a Laura.

—Y los frunces de Laura son muy regulares: está muy bien cosido. Es un delantal precioso.

—¡Aún hay más, Mamá! —exclamó Carrie—. ¡Mira en el bolsillo!

Mamá sacó el pañuelo y se quedó muy sorprendida. ¡Y pensar que aquella misma mañana había renunciado a su mejor pañuelo de los domingos y recibía otro! Era como si aquello hubiera sido planeado, aunque ninguno de ellos lo había previsto. Pero, desde luego, no podía decirse en presencia de la señora Boast. Mamá examinó la pequeña orilla del pañuelo y dijo:

—¡Qué precioso pañuelo! ¡Gracias, Mary!

Entonces todos admiraron los zapatitos de dormir de Mary y cuando se enteraron de que habían sido hechos con los extremos de una manta vieja, la señora Boast dijo que iba a hacerse unos para ella en cuanto se gastase cualquiera de sus mantas.

Carrie se puso los mitones y aplaudió alegremente.

—¡Mis mitones del Cuatro de Julio! ¡Oh, mirad mis mitones del Cuatro de Julio! —exclamaba.

Entonces abrió Laura su paquete. Y en él encontró un delantal confeccionado con el mismo percal que el de Mamá. Era más pequeño que el de ella, y tenía dos bolsillos. Un volantito lo rodeaba totalmente. Mamá lo había cortado de la otra cortina, Carrie había cosido las costuras y Mary había orillado el volante. Durante todo aquel tiempo Mamá no había sabido, y Laura había ignorado también, que cada una estaba haciendo un delantal para la otra con aquellas viejas cortinas y Mary y Carrie habían estado reservándose ambos secretos.

—¡Oh, gracias! ¡Gracias! —dijo Laura acariciando el lindo tejido blanco con florecitas rojas diseminadas—. ¡Qué puntadas más delicadas tiene el volante, Mary! ¡Te lo agradezco!

Entonces llegó lo mejor. Todos observaron a Mamá cuando puso a Grace el abriguito azul y alisó el cuello de piel de cisne. Ajustó la capuchita sobre sus áureos cabellos y asomó un fragmento del forro de seda enmarcando el rostro de la niña y haciendo juego con sus brillantes ojos. Grace acarició la esponjosa piel que ribeteaba las muñecas y agitó las manos riendo.

Era tan bonita y se veía tan dichosa, blanca, azul y dorada, llena de vida y riendo, que no se cansaban de mirarla. De modo que Mamá tuvo que tranquilizarla en seguida y quitarle el abrigo y la capucha que dejó en el dormitorio.

Aún había otro paquete junto al plato de Laura y vio que también Mary, Carrie y Grace tenían otro igual junto a los suyos. De repente los desenvolvieron y descubrieron que contenían una bolsita de color rosa llena de caramelos.

—¡Caramelos de Navidad! —exclamó Carrie.

Y Laura y Mary repitieron lo mismo.

—¿Cómo han llegado aquí estos caramelos? —preguntó Mary.

—¿Cómo? ¿Acaso no ha venido también Santa Claus en Nochebuena? —exclamó Papá.

De modo que casi al unísono exclamaron todas:

—¡Oh, señor Boast, muchas gracias! ¡Gracias, señores Boast!

Entonces Laura recogió los papeles de los envoltorios y ayudó a Mamá a servir a la mesa una gran bandeja de gachas fritas y doradas, un plato de bollos calientes, otro de patatas, un cuenco de salsa de bacalao y un plato de cristal lleno de salsa de manzanas secas.

—Siento no tener mantequilla —dijo Mamá—, pero nuestra vaca da tan poca leche que ya no podemos hacerla.

Pero la salsa de bacalao era excelente con las gachas y las patatas y nada sabía mejor que los bollos calientes y la salsa de manzana. Un almuerzo como ése, de Navidad, sólo se presentaba una vez al año. Y todavía les esperaba la cena de Navidad, aquel mismo día.

Después de almorzar, Papá y el señor Boast marcharon con el tronco de caballos a recoger el trineo del señor Boast, llevándose consigo palas para retirar la nieve de modo que los caballos pudieran sacarlo de la ciénaga.

Entonces Mary se sentó en la mecedora y cogió a Grace en su regazo mientras que Carrie hacía las camas y barría y Mamá, Laura y la señora Boast, con delantales y arremangadas, lavaban los platos y preparaban la cena.

La señora Boast era muy divertida. Se interesaba por todo y estaba muy ansiosa por aprender cómo se arreglaba Mamá tan bien.

—Si no tenéis bastante leche para hacer leche cortada, ¿cómo te las ingenias para hacer tan deliciosos bollos, Laura? —preguntó.

—Utilizamos nuestra masa cortada —respondió Laura.

La señora Boast nunca había hecho bollos de masa cortada. Resultó divertido enseñarle cómo se hacían. Laura midió las tazas de harina, les añadió soda, sal y amasó los bollos en el tablero.

—¿Pero cómo hacéis la masa cortada? —insistió la señora Boast.

—Se comienza poniendo un poco de harina y agua caliente en un recipiente y se deja hasta que se corta —dijo Mamá.

—Entonces es cuando puedes usarlo, dejando siempre un poco —añadió Laura—, se pone un poco de masa de bollo, así, y más agua caliente —y así lo hizo—, se tapa —lo cubrió con un trapo limpio y puso el plato sobre el recipiente— y se deja en un lugar caliente —y lo colocó en la estantería, junto a la estufa—. Así siempre está dispuesto para utilizarlo, cuando se necesita.

—Nunca había probado bollos tan deliciosos —elogió la señora Boast.

La mañana pasó volando en tan grata compañía. La comida ya estaba preparada cuando Papá y el señor Boast regresaron con el trineo. La enorme liebre estaba dorándose en el horno, las patatas cocían y la cafetera borboteaba detrás de la estufa. La casa estaba llena de buenos olores a carne asada, pan caliente y café. Papá olfateó en el aire cuando entró.

—No te preocupes, Charles —dijo Mamá—. Hueles a café, pero la tetera está preparada para ti.

—¡Magnífico! El té es la mejor bebida cuando hace frío —respondió Papá.

Laura puso el mantel blanco y en el centro de la mesa colocó el azucarero de cristal, la jarra llena de crema y el recipiente de las cucharas lleno de cucharillas de plata, todas ellas boca abajo.

Alrededor de la mesa Carrie había dispuesto los cuchillos y tenedores y llenado de agua los vasos mientras Laura depositaba un montón de platos en el lugar reservado a Papá. Luego, en cada sitio alrededor de la mesa, puso coquetonamente una salsera de cristal con medio melocotón en almíbar: la mesa estaba preciosa.

Papá y el señor Boast se habían lavado y peinado. Mamá guardó la última olla y sartén en la despensa y ayudó a Laura y a la señora Boast a llevar el último plato lleno a la mesa y ella y Laura cambiaron rápidamente sus delantales de trabajo por los delantales navideños.

—¡Vamos! —dijo Mamá—. ¡La cena está a punto!

—¡Venga, Boast! —dijo Papá—. ¡Siéntese y coma a gusto! Abajo en la bodega hay mucho más.

Delante de Papá, en una gran bandeja, estaba la enorme liebre rodeada de montones de humeante relleno de cebolla y pan. En un plato que tenía a su lado había una montaña de puré de patatas y, al otro lado, un cuenco de sabrosa salsa oscura.

También había platos con pan de trigo y bollos pequeños y calientes. Y otro con pepinillos en vinagre.

Mamá sirvió el fuerte y negro café y el fragante té y Papá, generosas raciones de liebre asada, relleno, patatas y salsa.

—Es la primera vez que comemos liebre en una comida navideña —dijo Papá—. En otros tiempos que vivíamos en un terreno donde crecían las liebres, eran demasiado corrientes y comíamos a diario. Para Navidad servíamos pavo silvestre.

—Sí, Charles, y era lo máximo que podíamos permitirnos —repuso Mamá—. En el territorio indio no contábamos con la despensa de los topógrafos para conseguir salazones y melocotones.

—Creo que es la mejor liebre que he comido —dijo el señor Boast—. La salsa también es excelente.

—No hay como comer con apetito —repuso Mamá con modestia.

Pero la señora Boast dijo:

—Sé por qué es tan buena la liebre: cuando la señora Ingalls la guisa, le pone por encima lonchas de tocino salado.

—Sí, es cierto —dijo Mamá—. Creo que ello mejora su sabor.

Todos repitieron de aquel plato y Papá y el señor Boast volvieron a repetir. En cuanto a Mary, Laura y Carrie no se quedaron atrás, pero Mamá sólo tomó un poco de relleno y la señora Boast otro bollito.

—Confieso que estoy tan llena que no podría dar otro bocado —dijo.

Al ver que Papá volvía a asir el tenedor para servirse, Mamá le advirtió:

—Reservaos un poco, tú y el señor Boast.

—¿Quieres decir que aún queda algo más? —se sorprendió Papá.

Entonces Mamá entró en la despensa y sacó el pastel de manzanas.

—¡Un pastel! —exclamó Papá.

—¡Y de manzanas! —añadió el señor Boast—. ¡Por Dios, ojalá hubiera sabido que faltaba esto!

Lentamente saborearon todos el pastel de manzana y Papá y el señor Boast se repartieron el pedazo que sobró.

—Jamás hubiera imaginado mejor comida de Navidad —dijo el señor Boast con un suspiro de satisfacción.

—Bien —comentó Papá—, es la primera comida de Navidad que se ha celebrado en esta parte del país. Celebro que fuese tan buena. En tiempos futuros, sin duda, muchos celebrarán aquí la Navidad y espero que tengan manjares más caprichosos en muchos aspectos, pero en realidad no creo que disfruten con mayor satisfacción que nosotros.

Al cabo de un rato el señor Boast y él se levantaron de mala gana y Mamá comenzó a recoger la mesa.

—Yo lavaré los platos —dijo a Laura—. Tú ve a ayudar a instalarse a la señora Boast.

De modo que Laura y la señora Boast se pusieron sus abrigos, capuchas, bufandas y mitones y salieron entre el frío seco y cortante de la noche. Riendo surcaron la nieve y se hundieron en ella hasta llegar a la casita próxima que había sido la oficina de los topógrafos. Al llegar a la puerta, Papá y el señor Boast descargaron el trineo.

La casita no tenía entarimado y era tan pequeña que el doble lecho se ajustaba a un extremo. En un rincón, junto a la puerta, Papá y la señora Boast instalaron la estufa. Laura ayudó a la señora Boast a transportar el colchón de plumas y la colcha y a hacer la cama. Luego colocaron la mesa contra la ventana, frente a la estufa, y pusieron dos sillas debajo. El baúl quedó encajado entre la mesa y el lecho y se convirtió en otro asiento. En una estantería sobre la estufa y dentro de una caja que estaba debajo colocaron los platos y quedó espacio suficiente para abrir la puerta contra la mesa.

—¡Ya está! —exclamó Papá cuando hubieron acabado—. Ahora que ya están instalados, vengan a nuestra casa. Nosotros no cabemos aquí, pero allí hay mucho espacio, de modo que será nuestro cuartel general. ¿Qué tal una partida de damas, Boast?

—Adelantaos —les dijo la señora Boast—. Laura y yo llegaremos dentro de un momento.

Cuando se hubieron marchado, la señora Boast sacó una bolsa de papel de debajo de los platos.

—Es una sorpresa —le dijo a Laura—: son palomitas de maíz. Rob no sabe que las he traído.

Introdujeron sigilosamente la bolsa en la casa y la escondieron en la despensa explicándole a Mamá de qué se trataba. Y más tarde, cuando Papá y el señor Boast estaban absortos en el juego, pusieron grasa a calentar en la tetera y echaron un puñado de aquellos granos de maíz. Al oír el primer chasquido Papá miró en torno sobresaltado.

—¡Palomitas de maíz! —exclamó—. No las he probado desde... Si hubiera sabido que las traía, ya hubiésemos dado buena cuenta de ellas.

—Yo no he traído... —dijo el señor Boast. De pronto exclamó—: ¡Has sido tú, Nell, granuja!

—Vosotros dos seguid jugando —replicó la señora Boast riéndose y mirándole con sus ojos azules—. Estáis demasiado ocupados para reparar en nosotras.

—Sí, Charles —dijo Mamá—. No queremos interrumpir vuestro juego.

—De todos modos le hubiera ganado, Boast —dijo Papá.

—¡De ningún modo! —le contradijo su compañero.

Mamá metió los blancos granos en una lechera y Laura les echó un poco de sal. Llenaron otra tetera y la lechera estuvo llena a rebosar. Luego dieron a Mary, Laura, Carrie un plato lleno de crujiente y suave maíz y Papá, Mamá y los señores Boast se sentaron alrededor de la lechera comiendo, charlando y riendo hasta que llegó el momento en que Papá tocaba el violín.

—Cada Navidad es mejor que la anterior —pensó Laura—. Aunque supongo que debe ser porque me estoy haciendo mayor.

Capítulo Veintidós

FELICES DÍAS DE INVIERNO

La emoción de las pascuas navideñas se prolongó día tras día. Cada mañana la señora Boast preparaba rápidamente el almuerzo e iba a pasar el tiempo con «las otras chicas», como decía. Siempre estaba contenta y llena de alegría y siempre tan linda, con sus sedosos cabellos castaños, sus alegres ojos azules y el sonrosado color de sus mejillas.

La primera semana el sol brilló radiante, no corría el viento y al cabo de seis días había desaparecido la nieve. La pradera aparecía parda y desnuda y el aire era tan cálido como la leche. La señora Boast preparó la comida de Año Nuevo.

—En esta ocasión vendrán todos a mi casita dijo.

Laura la ayudó a disponerlo todo. Pusieron primero la mesa sobre la cama y abrieron la puerta de par en par contra la pared. Entonces colocaron la mesa exactamente en el centro de la casa. Una esquina casi rozaba la estufa y el otro extremo tocaba con el lecho, pero había bastante espacio para que todos pudieran entrar en fila india y sentarse alrededor. La señora Boast se acomodó junto a la estufa y sirvió la comida caliente desde su parte superior.

En primer lugar comieron sopa de ostras. Laura jamás había probado algo tan exquisito como aquella sopa caliente, sabrosa, fragante y de sabor marino, con puntitos dorados de crema fundida, negras motas de pimienta por encima y pequeñas y oscuras ostras de lata en el fon-

131

do. La sorbió lentamente de su cuchara para conservar aquel sabor en la lengua todo lo posible.

Y con la sopa había galletitas redondas de ostra. Las galletitas eran como de muñecas y sabían mejor por ser tan ligeras y diminutas.

Cuando desapareció la última gota de sopa y se repartieron y consumieron las galletitas, la señora Boast sirvió bollos con miel y salsa de frambuesas secas. Y luego una gran fuente llena de palomitas de maíz salado que había mantenido calientes detrás de la estufa.

Era la comida de Año Nuevo, ligera pero sabrosa. Resultaba elegante porque era extraña y nueva, diferente, y por estar tan finamente servida en los lindos platos de la señora Boast y sobre un flamante mantel.

Después estuvieron charlando en la casita con un airecillo agradable que entraba por la puerta abierta, contemplando la parda pradera que se extendía hasta lo lejos y el cielo azul curvándose hasta encontrarse con ella.

—Jamás había probado una miel tan buena, señora Boast —dijo Papá—. Me alegro de que la trajera de Iowa.

—Las ostras también eran de allí —comentó Mamá—. No recuerdo haber disfrutado jamás de un festín como éste.

—Es un buen comienzo para 1880 —manifestó Papá—. Los setenta no han sido muy malos, pero parece que los ochenta serán mejores. Si esto es una muestra de lo que serán los inviernos en Dakota, podemos estar satisfechos de haber venido al Oeste.

—Ciertamente es un magnífico país —convino el señor Boast—. Celebro haber registrado aquí mi propiedad de ciento sesenta acres y me gustaría que usted también lo hubiese hecho, Ingalls.

—Lo haré antes de que pase una semana —repuso Papá—. He estado esperando a que se abriera la Oficina del Catastro de Brookins para ahorrarme más de una semana de viaje a Yankton y el regreso. Dicen que la Oficina de Brookins se inaugurará a primeros de año y ¡por Dios! con el tiempo que hace, mañana mismo me pondré en camino. Si Caroline no tiene inconveniente.

—Desde luego, Charles —dijo suavemente Mamá.

Sus ojos y todo su rostro irradiaban alegría porque sin duda en breve Papá tendría su hacienda.

—Queda, pues, decidido —concluyó Papá—. No es que crea que exista peligro de llegar tarde, pero más vale haberlo hecho y dejarlo solucionado.

—Cuanto antes mejor, Ingalls —dijo el señor Boast—. Le aseguro que no tiene idea del tropel que se presentará aquí esta primavera.

—Bueno, nadie será más rápido que yo —repuso Papá—. Me pondré en marcha antes de que salga el sol y confío llegar a la Oficina del

Catastro pasado mañana por la mañana temprano. De modo que si alguien quiere enviar alguna carta a Iowa, tenedlas preparadas que me las llevaré y las enviaré desde Brookins.

Así concluyó aquella comida de Año Nuevo. La señora Boast y Mamá escribieron cartas por la tarde y Mamá preparó un tentempié para el viaje de Papá. Pero al anochecer sopló un viento saturado de nieve y la escarcha cubrió de nuevo los cristales de las ventanas.

—No hace tiempo para ir a ninguna parte —dijo Papá—. No te preocupes por la hacienda, Caroline: la conseguiré.

—Sí, Charles, estoy segura de que la lograrás —respondió ella.

Bajo la tormenta, Papá tendió sus trampas y puso pieles a secar.

El señor Boast hizo acopio de ramas secas del lago Henry y las cortó preparándolas para el fuego porque no tenía carbón, y la señora Boast les visitó cada día.

Con frecuencia, cuando el sol brillaba, Laura, Carrie y ella jugaban en la nieve bien abrigadas. Luchaban, corrían y se lanzaban bolas de nieve y un día hicieron un muñeco. Y asidas de la mano entre el penetrante frío las tres corrían y patinaban sobre el hielo del lago de Plata. Laura nunca se había reído tanto.

Un anochecer, cuando habían estado patinando y regresaban a casa acaloradas y jadeantes, la señora Boast dijo:

—Laura, ven a casa un momento.

Laura la acompañó y la señora Boast le mostró un gran montón de periódicos. Había traído consigo todos aquellos New York Leders desde Iowa.

—Llévate cuantos puedas —le dijo—. Y cuando los hayas leído los devuelves y te llevas más.

Laura volvió a casa corriendo con un puñado de periódicos. Irrumpió en la casa y los echó en el regazo de Mary.

—¡Fíjate, Mary! ¡Fíjate qué he traído! exclamó—. ¡Son cuentos! ¡Todo esto son cuentos!

—¡Oh, apresúrate a preparar la cena para que podamos leerlos! —exclamó Mary impaciente.

Pero Mamá dijo:

—No te preocupes por el trabajo, Laura. ¡Léenos un cuento!

De modo que mientras Mamá y Carrie preparaban la cena, Laura comenzó a leerles una historia maravillosa que trataba de enanos y cavernas donde vivían ladrones y de una hermosa dama que se había perdido en las cuevas. En el momento más emocionante tropezó de repente con la palabra: «Continuará». Y no aparecía nada más de aquella narración.

—¡Oh, pobre de mí, jamás sabré lo que le sucedió a esa dama!

—se lamentó Mary—. ¿Por qué crees que sólo han impreso parte de la historia, Laura?

—¿Por qué lo hacen, Mamá? —preguntó Laura a su vez.

—No lo hacen —repuso ella—. Busca en el periódico siguiente. Laura así lo hizo y luego consultó el siguiente y así sucesivamente.

—¡Aquí están! —exclamó—. Y hay mucho más... Llega hasta el final del montón. ¡Todo está aquí, Mary! Hasta que dice: «Fin».

—Es una historia seriada —dijo Mamá.

Laura y Mary no habían oído hablar jamás de historias seriadas, pero su madre sí.

—Bien —dijo Mary satisfecha—. Ahora podemos guardar el capítulo siguiente para el próximo día. Cada día podemos leer uno y así la historia durará más.

—¡Qué inteligentes son mis hijas! —dijo Mamá.

Por lo tanto, Laura no se atrevió a decir que hubiera preferido leerla lo más deprisa posible. Dejó cuidadosamente los periódicos a un lado y cada día iba leyendo parte de la historia y todas se preguntaban hasta el día siguiente qué le sucedería a continuación a la hermosa dama.

Los días de tormenta, la señora Boast llevaba consigo su costura o sus labores y pasaban un rato agradable leyendo y charlando. Un día les habló de las rinconeras: les dijo que en Iowa todos tenían rinconeras y que ella les enseñaría cómo se hacían.

Indicó, pues, a Papá que las estanterías debían ser triangulares para que se adaptaran a los rincones y él hizo cinco estantes de tamaños graduados, el mayor para el final y el más pequeño para la parte superior, todos firmemente sujetos con estrechos listones de madera entre sí. Cuando hubo concluido, la rinconera se adaptaba perfectamente a un ángulo de la habitación y se apoyaba firmemente sobre tres patas. Mamá llegaba perfectamente al estante superior.

Luego la señora Boast hizo un volante de cartón para colgarlo del borde de cada estante y festoneó su extremo con una gran onda en el centro y dos pequeñas a ambos lados. Los trozos de cartón y las ondas estaban graduados como los estantes, desde el mayor abajo hasta el menor en lo alto.

A continuación les enseñó a cortar y doblar pequeños recuadros de grueso papel de embalaje. Doblaban cada esquina en diagonal y luego a lo ancho y lo aplastaban con fuerza. Cuando hubieron doblado montones de recuadros, la señora Boast enseñó a Laura a coserlos en hileras sobre los cartones, muy juntos, con las puntas hacia abajo. Cada hilera estaba superpuesta a la inferior y cada punta debía descansar entre dos puntos de la hilera anterior y las hileras debían seguir las curvas de las ondas.

Mientras trabajaban en la confortable y coquetona casa contaban anécdotas, cantaban y charlaban. Mamá y la señora Boast hablaban principalmente de haciendas. La señora Boast disponía de bastantes semillas para dos jardines y dijo que las repartiría con Mamá, así que no tendría que preocuparse por las simientes. Cuando el pueblo estuviese construido seguramente sería posible comprarlas, pero de momento no era así. De modo que la señora Boast las babía traído en abundancia de los jardines de sus amigas en Iowa.

—Estaré satisfecha cuando nos instalemos —dijo Mamá—. Este será el último traslado que haremos. Mi marido accedió a ello antes de que saliéramos de Minnesota. Así mis niñas podrán instruirse y llevar una existencia civilizada.

Laura no sabía exactamente si deseaba o no instalarse. Si se instruía tendría que dar clases y prefería pensar en otra cosa. Prefería cantar a pensar. A veces tarareaba muy quedamente sin interrumpir la charla y con frecuencia Mamá, la señora Boast, Mary y Carrie acababan cantando con ella. La señora Boast les había enseñado dos canciones nuevas. A Laura le gustaba «El aviso de la gitana».

> *No confíes en él, linda dama,*
> *aunque su voz sea queda y dulce*
> *no te fíes de aquel que se arrodilla ante ti*
> *rogando dulcemente a tus pies.*
> *Ahora tu vida está amaneciendo,*
> *no empañes tu feliz destino,*
> *escucha el aviso de la gitana,*
> *linda dama, no te fíes de él.*

La otra canción nueva era «Cuando yo tenía veintiún años, Nell, y tú diecisiete», y era la preferida del señor Boast. Cuando conoció a la que sería su esposa, él tenía veintiún años y ella diecisiete. En realidad su nombre era Ella, pero el señor Boast la llamaba Nell.

Por fin los cinco trozos de cartón quedaron pulcramente cubiertos con hileras e hileras superpuestas de las pequeñas puntas de papel y sólo aparecían puntadas en la parte superior de la hilera de encima. Entonces la señora Boast cosió una amplia franja de papel marrón sobre aquellos puntos y la dobló para esconderlos.

Por último clavaron cada cortina de cartón en su estantería. Las ondas cubiertas con las rígidas puntas de papel, pendían muy tiesas. Papá pintó seguidamente la rinconera y las puntas de papel de un denso y oscuro marrón. Cuando se secó la pintura, colocaron la rinconera en la esquina, tras la silla de Mary.

—De modo que esto es una rinconera —dijo Papá.

—Sí —respondió Mamá—. ¿Verdad que es bonita?

—Es un trabajo muy pulido —comentó él.

—La señor Boast dice que son la última moda en Iowa —añadió Mamá.

—Bien, ella debe saberlo —convino Papá—. Y todo cuanto haya en Iowa es poco para ti, Caroline.

Pero lo mejor de todo venía después de cenar. Cada noche Papá tocaba el violín y las hermosas voces de los señores Boast completaban las canciones. Papá tocaba y cantaba alegremente:

> *Cuando yo era joven y soltero*
> *y podía hacer sonar mi dinero*
> *entonces prosperaba. ¡Ah entonces!*
> *Entonces prosperaba.*

> *Me busqué una esposa. ¡Ah entonces! ¡Ah entonces!*
> *Me busqué una esposa. ¡Ah entonces!*
> *Me busqué una esposa que era la alegría de mi vida*
> *y entonces pude prosperar. Todo me iba bien.*

La letra seguía diciendo que después de todo ella no era una esposa tan estupenda, por lo que Papá no seguía con el resto. Le guiñaba el ojo a Mamá mientras la música vibraba y giraba y entonces él cantaba:

> *Ella hace un pastel de cerezas*
> *¡camarada Billy! ¡camarada Billy!*
> *Hace un pastel de cerezas*
> *encantador, Billy.*

> *Ella hace un pastel de cerezas*
> *en un abrir y cerrar de ojos,*
> *pero es muy joven*
> *y no puede dejar a su madre.*

La música seguía retozando, mas sólo Papá y el señor Boast cantaban:

> *Apuesto mi dinero por la yegua rabona*
> *y tú el tuyo por la gris.*

Ni siquiera cantando admitía Mamá el juego, pero no dejaba de acompañar con los pies mientras Papá interpretaba tales melodías.

Cada noche cantaban un rondó. El señor Boast comenzaba con su voz de tenor «Tres ratones ciegos» y seguía mientras su esposa, con su voz de alto, comenzaba a su vez con «Tres ratones ciegos» y el bajo de Papá se unía a ellos con «Tres ratones ciegos» y luego la soprano Laura y las contraltos Mamá, Mary y Carrie. Cuando el señor Boast llegaba al fin de la canción, la comenzaba de nuevo sin detenerse y todos le seguían, cada uno tras otro, girando y girando las palabras y la música.

> *¡Tres ratones ciegos! ¡Tres ratones ciegos!*
> *Todos corrían tras la mujer del granjero*
> *que les cortó los rabos con el trinchante.*
> *¿Habías oído alguna vez la historia*
> *de los tres ratones ciegos?*

Seguían cantando hasta que alguien se echaba a reír y entonces la canción se interrumpía y seguían riendo y sin aliento. Y Papá interpretaba alguna de las antiguas canciones para «irse a dormir». Decía así:

> *Nellie era una dama, anoche murió.*
> *¡Oh, tocad las campanas por la encantadora Nell!*
> *Mi-an-ti-gu-a-no-via-de-Vir-gi-nia.*

Y también:

> *¿Recuerdas a la dulce Alicia, Ben Bolt?*
> *La dulce Alicia de ojos muy castaños*
> *que lloraba de emoción cuando le sonreías*
> *y temblaba de miedo cuando fruncías el ceño.*

Y además:

> *A menudo en la tranquila noche*
> *antes que la cadena del sueño me envuelva*
> *la luz me trae dulces recuerdos*
> *de otros tiempos vividos.*

Laura nunca había sido tan dichosa y, por la razón que fuese, era la más feliz de todos cuando cantaban:

> *Vosotros, orillas y ribazos, de Bonny Doon*
> *¿cómo podéis florecer tan frescos y hermosos?*
> *¿Cómo podéis cantar vosotros, pajarillos,*
> *cuando yo estoy tan cansado y lleno de inquietud?*

Capítulo Veintitrés

EN LA SENDA DEL PEREGRINO

Un domingo por la noche Papá estaba interpretando una tonada dominical al violín que todos cantaban entusiasmados:

Cuando alegres nos reunimos en nuestro agradable hogar
y se difunde la canción de la alegría
¿nos detenemos a pensar en las lágrimas que fluyen
en las viviendas solitarias y desconsoladas?

Echemos una mano...

El violín se interrumpió de repente. Afuera una firme voz cantaba:

...a los que están abatidos y cansados,
echemos una mano a los que siguen la senda del peregrino.

El violín chirrió sorprendido mientras Papá lo depositaba en la mesa y corría hacia la puerta. El frío irrumpió en la casa y Papá cerró a sus espaldas. En el exterior se percibió un estrépito de voces. Luego abrieron de golpe y entraron tropezando dos hombres cubiertos de nieve seguidos de Papá.

—Voy a recoger sus caballos —dijo—, estaré con ustedes enseguida.

Uno de los hombres era alto y delgado. Entre su gorro y su bufan-

da Laura distinguió unos ojos azules y de expresión amable. Exclamó instintivamente:

—¡Reverendo Alden! ¡Reverendo Alden!

—No, hermano Alden —rectificó Mamá—. ¡Qué sorpresa, hermano Alden!

El hombre se había quitado el sombrero y todos pudieron ver sus ojos y sus cabellos castaños.

—¡Estamos encantados de tenerlo entre nosotros, hermano Alden! —dijo Mamá—. ¡Acérquese al fuego! ¡Qué sorpresa!

—No es menor la mía, hermana Ingalls —repuso el reverendo Alden—. Les dejé instalados en el río Creek y no tenía noticias de que se hubiesen marchado al Oeste. Y aquí están mis pequeñas campesinas convertidas en mujeres.

Laura no podía decir palabra. Sentía un nudo en la garganta ante la alegría de ver de nuevo al reverendo Alden. Pero Mary dijo cortésmente:

—Nos alegramos mucho de volver a verlo, señor.

Su rostro irradiaba contento, sólo sus ojos sin vida estaban en blanco. Aquello sorprendió al reverendo Alden, que lanzó una rápida mirada hacia Mamá volviendo luego a observar a Mary.

—Nuestros vecinos, los señores Boast, el reverendo Alden —les presentó Mamá.

—Estaban cantando excelentemente cuando llegamos —dijo el reverendo Alden.

—También usted canta muy bien, señor —añadió el señor Boast.

—¡Oh, no fui yo quien les seguí sino mi compañero! —repuso el hombre—. Fue Scotty, aquí presente. Yo tenía demasiado frío, pero a él sus cabellos pelirrojos le conservan el calor. Reverendo Stuart, son unos viejos y buenos amigos míos y sus amigos, de modo que todos somos amigos.

El reverendo Stuart era tan joven que más bien parecía un muchacho crecido. Sus cabellos eran de un rojo llameante, su rostro estaba enrojecido por el frío y tenía los ojos grises y destellantes.

—Prepara la mesa, Laura —dijo Mamá discretamente al tiempo que se ponía el delantal.

La señora Boast se puso asimismo su delantal y todas se afanaron atizando el fuego, poniendo a hervir la tetera, haciendo bollos y friendo patatas mientras el señor Boast hablaba con los recién llegados que estaban por en medio, calentándose junto a la estufa. Papá llegó del establo con otros dos hombres, los propietarios del tronco de caballos. Eran unos colonos que iban a establecerse junto al río Jim.

Laura oyó como el reverendo Alden decía:

—Sólo vamos como pasajeros. Nos enteramos de que existe una colonización en el Jim, un pueblo llamado Huron. La Sociedad Misionera Nacional nos ha enviado a inspeccionar el terreno y prepararnos para fundar una iglesia allí.

—Creo que está señalado en el tendido ferroviario —dijo Papá—, pero no he oído decir que haya sido construido todavía ningún edificio, salvo una cantina.

—Razón de más para que pongamos la iglesia en marcha —repuso alegremente el reverendo Alden.

Después que los viajeros hubieron cenado, Alden se acercó a la puerta de la despensa donde Mamá y Laura lavaban los platos. Agradeció a Mamá su excelente comida y le dijo:

—Lamento sinceramente la desgracia que le ha sucedido a Mary, hermana Ingalls.

—Realmente, hermano Alden —repuso Mamá con tristeza—, a veces resulta difícil aceptar la voluntad del Señor. Sufrimos todos la escarlatina en nuestra casa del río Plum y pasamos unos momentos muy duros. Pero gracias a Dios se salvaron todas mis hijas. Mary me sirve de gran consuelo, hermano Alden, jamás ha proferido una queja...

—Mary es una persona excelente y un ejemplo para todos nosotros —dijo el reverendo Alden—. Debemos recordar que aquél que es amado por el Señor, Él lo somete a prueba y que los espíritus esforzados superan benéficamente sus aflicciones. Ignoro si su esposo o usted estarán enterados de que existen colegios para ciegos: en Iowa hay uno de ellos.

Mamá se asió con fuerza al borde del barreño con una expresión que sobresaltó a Laura. Con un hilo de voz preguntó llena de ansiedad:

—¿Es muy caro?

—No lo sé, hermana Ingalls —respondió el reverendo Alden—. Si lo desea, trataré de enterarme.

Mamá tragó de nuevo saliva y siguió lavando los platos.

—No podemos permitírnoslo. Pero quizás, más adelante, si no costara demasiado, lograríamos arreglarnos de algún modo. Siempre he deseado que Mary recibiera instrucción.

A Laura le latía el corazón con tanta fuerza en el pecho que podía sentir las pulsaciones en su garganta y descabellados pensamientos se dispararon tan rápidamente en su cerebro que no supo descifrarlos.

—Debemos confiar que el Señor lo hace todo para nuestro bien —dijo el reverendo Alden—. ¿Qué le parece si nos reuniéramos para orar cuando usted haya concluido con los platos?

—Sí, hermano Alden, me gustaría mucho —repuso Mamá—. Estoy segura de que todos estarán encantados.

Cuando los platos estuvieron recogidos y se hubieron lavado las manos, Mamá y Laura se quitaron los delantales y se alisaron los cabellos. El reverendo Alden y Mary hablaron seriamente mientras la señora Boast sostenía a Grace, y su marido y los dos colonos charlaban con el reverendo Stuart y Papá acerca del trigo y la avena que él se proponía cultivar en cuanto sus tierras estuvieran roturadas. Cuando entró Mamá, el reverendo Alden se levantó y les comunicó que disfrutarían del consuelo de la oración antes de darse las buenas noches.

Todos se arrodillaron ante sus sillas y el reverendo Alden rogó a Dios, que conocía sus corazones y sus pensamientos secretos, que procurara por ellos en la tierra y perdonara sus pecados ayudándoles a obrar debidamente. Mientras hablaba, reinó el sosiego en la sala. Laura sintió como si fuera hierba seca, agostada y polvorienta abrasándose en un páramo y aquella calma fuese una refrescante y suave lluvia que cayese sobre ella. Realmente era un alivio. Todo le parecía tan sencillo que se sentía serena y firme: trabajaría con entusiasmo y esforzadamente olvidándose de todos sus deseos para que Mary pudiera ir al colegio.

Los señores Boast dieron las gracias al hermano Alden y se retiraron a su casa, y Laura y Carrie bajaron la camita de Carrie que Mamá instaló en el suelo cerca de la estufa.

—Sólo disponemos de una cama —se disculpó—, y me temo que no tendremos bastantes mantas para ella.

—No se preocupe, hermana Ingalls —repuso el reverendo Alden—. Utilizaremos nuestros abrigos.

—Estoy seguro de que estaremos muy cómodos —dijo el reverendo Stuart—. Y satisfechos de haberles encontrado aquí. Pensamos que tendríamos que hacer todo el camino hasta Huron, hasta que vimos su luz y les oímos cantar.

Arriba, Laura ayudaba a Carrie a desnudarse en la oscuridad. Arrimó la plancha caliente contra los pies de Mary en la cama. Mientras se acurrucaban una junto a otra para calentarse bajo las heladas ropas, oían a Papá y a los viajeros charlar y reír junto al fuego.

—Laura —susurró Mary—, el reverendo Alden me ha dicho que hay colegios para ciegos.

—¿Qué hay qué, para ciegos? —murmuró Carrie.

—Colegios —respondió Laura—, donde reciben educación escolar.

—¿Cómo es posible? —se asombró Carrie—. Yo creí que para estudiar se debía leer.

—No lo sé —dijo Mary—. De todos modos, no podré ir. Debe costar mucho. No creo que exista ninguna posibilidad de ello.

—Mamá lo sabe —prosiguió Laura—, el reverendo Alden se lo dijo también a ella. Tal vez puedas, Mary: confío que sea así.

Aspiró profundamente y prometió:

—Estudiaré en serio para poder enseñar a los demás y servir de ayuda.

Por la mañana la despertaron las voces de los viajeros y un estrépito de platos. Saltó del lecho, se vistió y bajó apresuradamente para ayudar Mamá.

Afuera hacía un frío seco.

El sol doraba las ventanas cubiertas de escarcha y en la casa todos estaban animosos y contentos.

¡Cómo disfrutaron los viajeros con aquel almuerzo! Elogiaban todo cuanto les servían: los bollos eran ligeros y crujientes; las patatas fritas tostadas y finamente cortadas; las lonchas de tocino, finas y crujientes, y la salsa, suave, cremosa y dorada. Había jarabe caliente de azúcar moreno y abundante, fragante y humeante té.

—Esta comida es deliciosa —comentó el reveredo Stuart—. Sé que no es más que tocino salado, pero nunca lo había comido así. ¿Querrá explicarme cómo lo prepara, hermana Ingalls?

—¿Sabe usted guisar, hermano Stuart? —se sorprendió Mamá.

Y él le respondió que pensaba aprender a base de experiencia. A tal fin se había traído suministros consigo: alubias, harina, sal, té y tocino salado.

—Se prepara fácilmente —dijo Mamá—. Córtelo en lonchas delgadas y póngalas al fuego en agua fría. Cuando el agua hierva, retírelas.

Luego enharine las lonchas y fríalas hasta que estén crujientes. Póngalas en una bandeja y retire parte de la grasa que reservará para servir de mantequilla. A continuación tueste un poco de harina en la grasa que quedó en la sartén, vierta un poco de leche y siga meneándola hasta que hierva y la salsa esté en su punto.

—¿Le importaría anotármelo? —le rogó Stuart—. ¿Cuánta harina y cuánta leche son precisos?

—¡Cielos! —dijo Mamá—. Nunca lo mido, pero supongo que podré calcularlo.

Tomó una hoja de papel, su tintero y su pluma con mango de madreperla y anotó las recetas del tocino salado frito con su salsa, de los bollos de masa cortada, de la sopa de alubias y de las alubias cocidas mientras Laura recogía rápidamente la mesa y Carrie corría a avisar a los señores Boast para que acudieran a casa a celebrar el servicio religioso.

Resultaba extraño celebrarlo el lunes por la mañana, pero los viajeros emprenderían la última etapa de su viaje a Huron y nadie quería perderse aquella oportunidad de escuchar un sermón.

Papá tocó el violín y todos cantaron un himno. El reverendo Stuart, con las recetas de Mamá en el bolsillo, oró brevemente pidiendo orientación para todos sus proyectos futuros. Luego el reverendo Alden pronunció su sermón y por último, el violín de Papá sonó alegre y dulcemente y todos cantaron:

Existe un país feliz, lejos, muy lejos,
donde los santos están en la gloria, radiantes como el día.
¡Oh, escuchar a los ángeles cantando la gloria del Señor, nuestro Dios!

Cuando caballos y carreta estuvieron dispuestos para emprender el viaje, el reverendo Alden dijo:

—Habéis disfrutado del primer servicio religioso en este nuevo pueblo. En primavera regresaré para organizar una iglesia.

Y dirigiéndose a Mary, Laura y Carrie, añadió:

—¡También tendremos escuela dominical y vosotras podréis preparar el árbol de Navidad las próximas Pascuas!

Montó en la carreta y se marcharon dejándoles algo que esperar y algo en que pensar. Envueltos en chales, abrigos y bufandas, estuvieron viendo partir la carreta hacia el Oeste, sobre la impoluta nieve en la que quedaban las señales de las ruedas. Un frío sol brillaba radiante y en el blanco mundo resplandecían millones de diminutos e intensos puntos de luz.

—Bien —dijo la señora Boast tras un pliegue del chal con el que se cubría la boca—, ha sido agradable celebrar aquí el primer servicio religioso.

—¿Cómo se llamará el pueblo que se construirá aquí? —se interesó Carrie.

—Todavía no tiene nombre, ¿verdad, Papá? —preguntó Laura.

—Sí —respondió Papá—. Se llamará De Smet, porque tal era el nombre de un sacerdote pionero francés que vino aquí en los primeros tiempos.

Entraron todos en la acogedora casa.

—Ese pobre muchacho destruirá su salud viviendo solo y tratando de prepararse los guisos —dijo Mamá.

Se refería al reverendo Stuart.

—Es escocés —repuso Papá, como si ello significase que saldría adelante perfectamene.

—¿Recuerda lo que le dije acerca de la avalancha de gente que vendría en primavera, Ingalls? —dijo el señor Boast—. Ya han acudido dos colonos y apenas ha comenzado marzo.

—También yo estoy sorprendido —respondió Papá—. Marcharé a Brookins mañana por la mañana, llueva o haga sol.

Capítulo Veinticuatro

LA AVALANCHA DE LA PRIMAVERA

—Esta noche no habrá música —dijo Papá en la mesa, mientras cenaban—. Debemos acostarnos pronto y madrugar, y pasado mañana estará registrada nuestra propiedad.

—¡Qué contenta estaré, Charles! —repuso Mamá.

Tras el ajetreo de la noche anterior y de la mañana la casa se hallaba de nuevo tranquila y ordenada. Los platos estaban guardados. Grace dormía en su camita portátil y Mamá preparaba la comida que Papá se llevaría para el camino.

—Escuchad —dijo Mary—, oigo hablar a alguien.

Laura acercó su rostro al cristal y protegió la lámpara con las manos. Recortándose contra la nieve distinguió un tronco de caballos y una carreta llena de hombres. Uno de ellos gritaba, luego otro saltó al suelo. Papá acudió a su encuentro y estuvo hablando con él. Por fin su padre regresó y cerró la puerta.

—Son cinco desconocidos que se dirigen a Huron, Caroline —dijo.

—No tenemos sitio para ellos —repuso Mamá.

—Debemos acogerlos esta noche, Caroline. No tienen otro lugar adonde ir y deben comer algo. Sus caballos están cansados, y son novatos. Si intentan llegar esta noche a Huron, se perderán por la pradera y acaso mueran helados.

Mamá suspiró.

—Bien, tú sabrás que haces, Charles —dijo.

De modo que Mamá hizo la cena para los cinco desconocidos que irrumpieron en la casa llenándolo todo con sus ruidosas botas, sus voces y sus montones de ropas para prepararse lechos en el suelo junto a la estufa. Antes de que estuvieran recogidos los platos de la cena, Mamá sacó las manos del barreño de fregar y les dijo tranquilamente:

—Es hora de acostarse, niñas.

No lo era, pero sabían que ello significaba que no debían permanecer por allí entre aquellos desconocidos. Carrie condujo a Mary por la escalera, pero Mamá retuvo a Laura y le puso en la mano una cuña y le dijo:

—Métela en la rendija que hay sobre el cerrojo. Apriétala bien y déjala allí y entonces nadie podrá levantar el cerrojo y abrir la puerta. Quiero que esa puerta esté bien cerrada. Y mañana por la mañana no bajéis hasta que yo os llame.

Por la mañana Laura, Mary y Carrie seguían en la cama aunque ya había salido el sol. Desde abajo les llegaban las voces de los desconocidos y el sonido de los platos del almuerzo.

—Mamá dijo que no bajásemos hasta que ella nos llamase —les recordó Laura.

—¡Ojalá ya se hubieran marchado! —exclamó Carrie—. No me gustan los desconocidos.

—A mí tampoco, ni a Mamá —respondió Laura—. Tardan mucho en ponerse en marcha porque son unos novatos.

Por fin partieron y durante la comida Papá dijo que saldría a Brookins al día siguiente.

—No vale la pena emprender la marcha a menos que salga temprano —les explicó—. Es un viaje largo y no tiene sentido partir cuando ya ha salido el sol y tener que pasar al noche en descampado con este frío.

Por la noche llegaron más viajeros. Y al día siguiente, más.

—¡Pobres de nosotros! —dijo Mamá—. ¿No podremos pasar una noche en paz?

—No podemos hacer nada, Caroline —respondió Papá—. No debemos negar asilo a esa gente cuando no tienen otro lugar donde refugiarse.

—Entonces les cobraremos por ello, Charles —decidió ella.

A Papá no le agradaba cobrar a la gente por facilitarles comida y refugio, pero comprendió que Mamá tenía razón. De modo que les pedía veinticinco centavos por comida, y otros veinticinco por pasar la noche cada hombre y caballo.

Se acabaron las canciones, las cenas acogedoras y las agradables veladas. Cada día se reunían más desconocidos en la mesa para cenar

y cada noche, en cuanto los platos estaban lavados, Laura, Mary y
Carrie tenían que subir al ático y asegurar la puerta.

Los forasteros venían de Iowa, Ohio, Illinois, Michigan, Wisconsin, Minnesota e incluso desde lugares tan alejados como Nueva York
y Vermont, y se dirigían a Huron, a Fort Pierre, e incluso más lejos al
Oeste, en busca de haciendas.

Una mañana Laura se sentó en su lecho y prestó atención.

—¿Dónde está Papá? —preguntó—. No oigo la voz de Papá sino
la del señor Boast.

—Quizás se haya marchado a conseguir la hacienda —aventuró
Mary.

Cuando por fin las carretas cargadas se alejaron hacia el Oeste y
Mamá hizo bajar a las niñas, les informó de que Papá había partido
antes de que saliera el sol.

—No quería irse y dejarnos con esta avalancha de gente —dijo—,
pero no tuvo otro remedio. Alguien puede quitarle la parcela si no se
apresura. No teníamos idea de que la gente se presentara aquí de este
modo y apenas ha comenzado marzo.

Era la primera semana de marzo. La puerta estaba abierta y en el
aire se respiraba la primavera.

—Cuando marzo llega como un cordero, se marcha como un león

147

—dijo Mamá—. Vamos, niñas, tenemos mucho que hacer. Pongamos esta casa en orden antes de que lleguen más viajeros.

—Quisiera que no viniese nadie hasta que regrese Papá —dijo Laura mientras ella y Carrie lavaban los montones de platos.

—Tal vez no venga nadie —repuso Carrie esperanzada.

—El señor Boast cuidará de todo mientras vuestro padre esté ausente —dijo Mamá—. Pidió a los señores Boast que se quedaran aquí. Dormirán en nuestra habitación y Grace y yo subiremos con vosotras.

La señora Boast también acudió en su ayuda. Aquel día limpiaron toda la casa y trasladaron las camas. Estaban todos muy cansados, cuando al ponerse el sol vieron llegar una carreta desde el Este. Viajaban cinco hombres en ella.

El señor Boast les acompañó a guardar los caballos en el establo. La señora Boast ayudó a Mamá a preparar la cena. Aún no habían acabado de cenar cuando llegó otra carreta con otros cuatro hombres. Laura limpió la mesa, lavó los platos y ayudó a servirles la cena. Mientras comían apareció otra carreta con seis hombres.

Mary permanecía arriba para mantenerse alejada de la multitud. Carrie cantaba a Grace en su habitación, con la puerta cerrada, para que se durmiera. Laura limpió de nuevo la mesa y los platos.

—Esto es lo peor —decía Mamá a la señora Boast cuando se encontraron en la despensa—. No tenemos sitio para quince en el suelo, habrá que preparar lechos en el cobertizo. Y tendrán que usar sus ropas, capotes y abrigos como sábanas y mantas.

—Rob cuidará de ello: hablaré con él —dijo la señora Boast—. ¡Pobres de nosotros, viene otra carreta!

Laura tuvo que lavar de nuevo los platos y volver a poner la mesa. La casa estaba tan llena de desconocidos, con sus ojos y voces extrañas, sus voluminosos abrigos y sus botas manchadas de barro, que apenas podía abrirse paso entre aquella multitud.

Por fin todos estuvieron alimentados y quedó limpio el último plato, Mamá con Grace en los brazos siguió a Laura y Carrie arriba y aseguró cuidadosamente la puerta. Mary dormía en su cama y a Laura le costaba mantener los ojos abiertos mientras se desnudaba. Pero en cuanto se acostó, la despertó el ruido que llegaba desde abajo.

Se oían voces sonoras y pasos. Mamá se sentó a escuchar: la habitación de abajo estaba en silencio, por lo que pensó que el señor Boast debía considerar que todo estaba en orden. Volvió a acostarse. El ruido se hizo más intenso. A veces, casi se interrumpía, pero de repente estallaba de nuevo. Un estrépito conmovió la casa y Laura se incorporó en el lecho gritando:

—¿Qué es eso, Mamá?

Su madre le respondió en voz baja, pero con tanta intensidad que dominó todos los gritos que resonaban abajo.

—¡Tranquilízate, Laura! ¡Descansa!

Laura pensó que no podría dormir. Estaba tan cansada que el ruido la atormentaba. Pero de nuevo el estruendo la despertó de un profundo sueño.

—Todo está en orden, Laura —la tranquilizó su madre—. El señor Boast cuida de ello.

La muchacha volvió a dormirse.

Por la mañana Mamá la agitó suavemente para despertarla, al tiempo que le susurraba:

—¡Vamos Laura, es hora de almorzar! ¡Deja dormir a las demás!

Bajaron juntas. El señor Boast había recogido las camas. Desgreñados, soñolientos y con los ojos enrojecidos, los hombres se calzaban las botas y se vestían. Mamá y la señora Boast preparaban apresuradamente el almuerzo. La mesa era pequeña y no había platos para todos, por lo que Laura puso la mesa y lavó los platos tres veces.

Por fin se marcharon los desconocidos y Mamá llamó a Mary, mientras ella y Laura lavaban los platos y preparaban la mesa una vez más.

—¡Dios mío, qué noche! —exclamó la señora Boast.

—¿Qué sucedía? —se interesó Mary.

—Supongo que estaban borrachos —dijo Mamá apretando los labios.

—¡Desde luego que lo estaban! —respondió el señor Boast—. Trajeron botellas de whisky y una jarra. En una ocasión creí que debía intervenir, ¿pero qué podía hacer yo solo contra un grupo de quince borrachos? Decidí dejar que se pelearan, a menos que prendiesen fuego a la casa.

—¡Menos mal que no lo hicieron! —exclamó Mamá.

Aquel día acudió un joven a la casa con una carga de madera. La traía desde Brookins para construir un almacen en el pueblo. El joven rogó amablemente a Mamá que le permitiese hospedarse allí mientras durase la construcción, y ella no pudo negarse porque no había otro lugar donde ir a comer.

A continuación se presentó un hombre con su hijo procedentes de las cataratas Sioux. Llevaban consigo madera para construir un almacén de comestibles. Rogaron a Mamá que los alojase y cuando hubo accedido le dijo a Laura:

—Ya no vendrá de dos más.

—Si Ingalls no se apresura, habrán construido el pueblo antes de que llegue — dijo el señor Boast.

—Sólo espero que no sea demasiado tarde para registrar la hacienda —repuso Mamá, preocupada.

Capítulo Veinticinco

LA APUESTA DE PAPÁ

Aquel día no pareció de verdad. Laura creía tener los ojos llenos de arena y bostezaba continuamente aunque no tuviera sueño. A mediodía el joven señor Hinz y los dos Harthorn acudieron a comer. Por la tarde se oían sus martillazos levantando la estructura de los nuevos edificios. Parecía que había transcurrido mucho tiempo desde que Papá se había marchado.

Aquella noche no se presentó y durante todo el día siguiente tampoco apareció. Y cuando llegó la noche seguía sin venir. Laura ya estaba convencida de que tenía muchas dificultades para conseguir la hacienda; tal vez no la consiguiera. De ser así, quizás tendrían que marchar hacia el Oeste, a Oregón.

Mamá ya no permitía que entrasen más desconocidos en la casa. Sólo el señor Hinz y los dos Harthorn dormían en el suelo, junto a la estufa. El tiempo no era tan frío para que los hombres se helasen durmiendo en sus carretas. Mamá les cobraba veinticinco centavos por la cena y hasta muy entrada la noche ella y la señora Boast guisaban y Laura lavaba platos. De modo que acudían tantos hombres a comer que ya no trataba de contarlos.

A última hora de la tarde del cuarto día, Papá regresó a casa. Saludó con la mano mientras conducía los cansados caballos al establo y entró en la casa sonriente.

150

—¡Caroline, muchachas! —dijo—. ¡Hemos conseguido la propiedad!

—¡Lo ha conseguido! —exclamó Mamá entusiasmada.

—Fui a por ella, ¿no es cierto? —rió Papá—. ¡Brrr, qué frío hace cabalgando! Dejad que me acerque a la estufa y me caliente.

Mamá atizó el fuego y preparó la tetera.

—¿Has tenido dificultades, Charles? —le preguntó.

—Nunca lo creerías —dijo él—. Jamás había visto tal multitud. Parecía como si todo el país tratara de registrar una propiedad. Llegué a Brookins perfectamente la primera noche y a la mañana siguiente, cuando aparecí en la Oficina del Catastro, no pude ni siquiera aproximarme a la puerta. Todos teníamos que hacer cola y aguardar a que llegase nuestro turno. Tenía tantos delante de mí que aquel día no me tocó.

—¡No te pasarías allí todo el día, Papá! —exclamó Laura.

—Sí, Polvorilla, todo el día.

—¿Sin comer nada? ¡Oh no, Papá! —dijo Carrie.

—Bah, eso no me preocupaba. Lo que más me impresionaba era aquella muchedumbre. Estuve temiendo que quizás alguien delante mío me arrebatara mi parcela. Tendrías que haber visto qué multitud, Caroline. Pero aquello no era nada para lo que vino después.

—¿Qué, Papá? —se impacientó Laura.

—¡Déjame respirar, Polvorilla! Bien, cuando la Oficina del Catastro cerró marché al igual que todos a cenar al hotel y a mis oídos llegó una conversación que celebraban dos individuos. Uno había registrado una propiedad cerca de Huron; el otro decía que De Smet iba a ser un pueblo más importante que Huron y mencionó el terreno que yo había escogido el invierno pasado. Lo reconocí porque citó los números. Se proponía registrarlo a primera hora del día siguiente. Dijo que era la única parcela que quedaba libre cerca del emplazamiento del futuro pueblo. De modo que la quería aunque no la hubiese visto nunca.

»Bien, aquello fue suficiente para mí: tenía que llevarle la delantera. Primero pensé que madrugaría mucho al día siguiente, pero luego decidí no correr tal riesgo. De modo que en cuanto hube cenado, me dirigí a la Oficina del Catastro.

—Creí que estaba cerrada —dijo Carrie.

—Y así era. Me instalé en el mismo umbral para pasar la noche.

—¿Era necesario hacer eso, Charles? —dijo Mamá sirviéndole una taza de té.

—¿Necesario? —repitió Papá—. No os creáis que fui el único que tuvo esa idea, ni mucho menos. Por fortuna, fui el primero. Debimos pasarnos la noche unos cuarenta hombres allí esperando, e inmediatamente detrás mío estaban aquellos dos tipos a los que había oído hablar.

Sopló el té para enfriarlo.

—Pero ellos no sabían que tú querías aquella parcela, ¿verdad? —dijo Laura.

—No me conocían en absoluto —repuso Papá tomando un sorbo de té—. Hasta que apareció un individuo que al verme exclamó: «¡Hola, Ingalls! Veo que has resistido el invierno en el lago de Plata. Vas a instalarte en De Smet, ¿verdad?»

—¡Oh, Papá! —gimió Mary.

—Sí, ya había echado la leña en el fuego repuso Papá—. Comprendí que no tendría ninguna oportunidad si me movía de aquella puerta. De modo que allí me quedé. Al salir el sol, la multitud se había duplicado y unos doscientos hombres empujaban y se apretujaban contra mí antes de que se abriera la Oficina del Catastro. Aquel día no se seguía ningún orden, os lo aseguro: cada uno iba a la suya sin encomendarse a Dios ni al diablo.

—¡Oh, Papá, no te interrumpas, por favor! —exclamó Laura.

—En cuanto abrieron, el tipo de Huron me empujó al tiempo que gritaba a su compañero: «¡Entra, que yo le sujeto!» Aquello significaba una pelea y mientras me enfrentaba a él el otro me quitaría mi hacienda. Precisamente entonces, rápido como un rayo, alguien cayó como una tonelada de piedras sobre el tipo de Huron. «¡Entra, Ingalls!», gritó. «¡Yo le inutilizaré! ¡Yuí!»

El prolongado alarido de Papá vibró contra las paredes.

—¡Por favor, Charles! —balbució Mamá.

—Nunca adivinaríais quién era —dijo Papá.

—¡El señor Edwards! —exclamó Laura.

Papá se quedó sorprendido.

—¿Cómo lo has sabido, Laura? —dijo.

—Porque gritaba de ese modo cuando estábamos en el territorio indio. Era un gato montés de Tennessee —recordó Laura—. ¡Oh, Papá! ¿Dónde está? ¿Vino contigo?

—No pude convencerle para que me acompañase —dijo Papá—. Intenté persuadirle por todos los medios, pero había registrado una propiedad al sur y debía quedarse para mantener alejado a cualquier posible usurpador. Me dijo que te diese recuerdos, Caroline, y también a Mary y a Laura. Jamás hubiese conseguido la propiedad de no haber sido por él. ¡Dios, qué zarabanda armó!

—¿Resultó herido? —se interesó Mamá.

—Sin un rasguño. Se limitó a iniciar la pelea y se escabulló de ella lo antes posible mientras yo me infiltraba entre la multitud y registraba la parcela. Pero la gente aún tardó algún rato en tranquilizarse. El...

—Bien está lo que bien acaba, Charles —le interrumpió Mamá.

—Supongo que sí, Caroline —respondió Papá—. Sí, supongo que es así. Bueno, muchachas, he apostado a Tío Sam catorce dólares contra ciento sesenta acres de terreno y podremos arreglarnos para vivir en la propiedad durante cinco años. ¿Me ayudaréis a ganar la apuesta?

—¡Oh, sí, Papá! —exclamó Carrie con impaciencia.

—¡Sí, Papá! —dijo alegremente Mary.

Y Laura prometió muy formalmente:

—Sí, Papá.

—No me gusta considerarlo como un juego —dijo Mamá con su característica suavidad.

—Todo es más o menos un juego, Caroline —repuso Papá—. Sólo es segura la muerte y los impuestos.

Capítulo Veintiséis

EL AUGE DE LA CONSTRUCCIÓN

No había tiempo para seguir manteniendo aquella charla tan agradable con Papá. El sol que se filtraba por la ventana del oeste se proyectaba muy desmayadamente en el suelo y Mamá dijo:

—Debemos preparar la sopa. Los hombres no tardarán en llegar.

—¿Qué hombres? —dijo Papá.

—¡Oh, Mamá, aguarda, por favor! ¡Déjame enseñárselo! —rogó Laura—. ¡Es una sorpresa, Papá!

Entró corriendo en la despensa y de un saco casi vacío de alubias sacó una bolsita llena de dinero.

—¡Mira, Papá, mira!

Papá cogió la bolsita asombrado y observó sus rostros que le sonreían radiantes.

—¿Qué habéis estado haciendo tú y las chicas, Caroline?

—¡Mira adentro, Papá! —gritó Laura.

No pudo aguardar a que Papá abriese la bolsita.

—Quince dólares y veinticinco centavos.

—¡Estoy estupefacto! —exclamó su padre.

Luego, mientras Laura y Mamá preparaban la cena, le explicaron lo que había sucedido mientras él estuvo fuera. Antes de que hubiesen concluido, otra carreta se detenía ante su puerta. Eran siete desconocidos que se quedaban a cenar aquella noche: otro dólar y sesenta y cinco centavos. Y ahora que Papá estaba en casa los forasteros podían dormir en el suelo alrededor de la estufa. A Laura no le importaba tener que fregar platos ni estar agotada o soñolienta. Papá y Mamá se estaban enriqueciendo y contribuía a ello.

Por la mañana se quedó sorprendida. Apenas tuvieron tiempo de hablar: acudió tanta gente a almorzar que apenas lavaba los platos bastante deprisa y cuando por fin logró vaciar el agua del barreño y colgarlo le quedó el tiempo justo para barrer y fregar el sucio suelo antes de comenzar a pelar las patatas para la cena. Apenas pudo echar una mirada al soleado día de marzo del exterior mientras vaciaba el agua sucia. Y vio que Papá transportaba una pesada carga de madera hacia el pueblo.

—¿Qué diablos está haciendo? —le preguntó a su madre.

—Construye un edificio en el pueblo —dijo Mamá.

—¿Para qué? —inquirió Laura poniéndose a barrer.

Tenía los dedos arrugados de estar tanto tiempo en agua.

—Para quién, Laura —la rectificó su madre—: para él.

Y salió de la casa llevando una brazada de sábanas para airearlas.

—Creí que íbamos a trasladarnos a la hacienda —dijo Laura cuando entró su madre.

—Aún tardaremos seis meses en poder construir allí —repuso Mamá—. Los solares se multiplican en el pueblo y tu padre cree que podrá ganar algún dinero edificando en uno de ellos. Aprovecha la madera de las cabañas de los ferrocarriles y levanta un almacén que pondrá a la venta.

—¡Oh, Mamá, es maravilloso el dinero que estamos ganando! —dijo Laura barriendo enérgicamente mientras Mamá recogía otra brazada de ropas.

—Arrastra la escoba, Laura, no la pases tan rápidamente pues así levantas el polvo —dijo Mamá—. Sí, pero no debemos hacer las cuentas de la lechera.

Aquella semana la casa se llenó de huéspedes permanentes, hombres que estaban construyendo casas en el pueblo o en sus propiedades. Desde el amanecer hasta muy entrada la noche Mamá y Laura apenas tenían tiempo de respirar. Durante todo el día se distinguía el estrépito de las carretas que circulaban por allí. Los viajeros transportaban lo más rápidamente posible madera desde Brookins y cada día se levantaban los esqueletos amarillos de nuevos edificios. Ya podía verse crecer la calle Mayor desde el fangoso suelo, a lo largo del tendido ferroviario.

Cada noche los lechos se extendían por el suelo de la gran sala y por el cobertizo. Papá dormía allí con los huéspedes, de modo que Mary, Laura y Carrie se instalaban en el dormitorio con Mamá y con Grace y el suelo del ático se llenaba de más lechos para los huéspedes.

Los suministros habían desaparecido y ahora Mamá tenía que comprar harina, sal, alubias, carne y harina de maíz, por lo que no ganaban tanto dinero. Los suministros costaban tres y cuatro veces más que en Minnesota, según decía Mamá, porque el ferrocarril y los transportistas cargaban otro tanto por el transporte. Las calles estaban tan llenas de barro que los conductores no podían transportar cargas pesadas. Aún así, obtenían algunos centavos de beneficio en cada comida y siempre era mejor un poco que nada.

Laura hubiese querido tener tiempo para ver el edificio que Papá estaba levantando y le hubiera gustado hablar con él acerca de su construcción, pero Papá comía con los huéspedes y se marchaba apresuradamente con ellos y no había tiempo para charlas.

De pronto la parda pradera ya no era la misma de antes sino un pueblo. En dos semanas, a todo lo largo de la calle Mayor nuevos edificios sin pintar erguían sus fachadas falsas de dos pisos de altura y cuadrados en lo alto. Detrás de aquellas fachadas los edificios se acurrucaban bajo sus techos parcialmente inclinados, en vertiente. Los forasteros ya vivían allí, el humo se remontaba desde las tuberías de las estufas y los cristales de las ventanas brillaban a la luz del sol.

Un día, entre el estrépito que se formaba en el comedor, oyó decir a un hombre que estaba construyendo un hotel. Había llegado de Brookins la noche anterior con una carga de madera y su esposa se presentaría con la próxima carga.

—Antes de una semana haremos negocios —dijo.

—Me alegra oírle, señor —dijo Papá —. Este pueblo necesita un hotel. Estará haciendo las veces de Oficina del Catastro en cuanto se ponga en marcha.

El tumulto concluyó con tanta rapidez como había comenzado. Una noche Papá, Mamá, Laura, Mary, Carrie y Grace se encontraron cenando solos. Estaban de nuevo en su casa sin que hubiera nadie más en ella. Una absoluta paz reinaba allí, fresca y apacible como el silencio que sigue a una ventisca o el sosiego de la lluvia tras una larga y febril sequía.

—Confieso que no me creí tan cansada —dijo Mamá tranquilamente.

—Me alegro de que tú y las niñas hayáis acabado ya de trabajar para forasteros —comentó Papá.

No hablaron mucho: era muy agradable volver a cenar solos.

—Laura y yo lo hemos contado —dijo Mamá—: hemos ganado más de cuarenta dólares.

—Cuarenta y dos dólares y cincuenta centavos —confirmó Laura.

—Los guardaremos como reserva si es posible —dijo Papá.

Laura pensó que si podían ahorrarlos ya contarían con algo para enviar a Mary al colegio.

—Espero que los topógrafos se presenten en cualquier momento —prosiguió Papá—. Será mejor que nos preparemos para trasladarnos a fin de que pueda devolverles la casa. Podemos vivir en el pueblo hasta que consiga vender el edificio.

—Muy bien, Charles. Mañana lavaré las ropas y comenzaré a empaquetar las cosas —dijó Mamá.

Al día siguiente Laura la ayudó a lavar las colchas y las mantas. Disfrutaba arrastrando el pesado cesto hasta el tendedero, entre el fresco agradable de aquel mes de marzo. Las carretas se arrastraban lentamente por la enfangada carretera en dirección al Oeste. Sólo quedaba un ribete de hielo en torno a las orillas del lago de Plata y entre las secas hierbas de la ciénaga. Las aguas del lago eran azules como el cielo y más allá, entre el titilante firmamento, surgía una flecha de diminutos puntos blancos desde el sur. De la lejanía llegaba débilmente el salvaje y solitario canto de los gansos silvestres.

Papá llegó corriendo a casa.

—¡Ha aparecido la primera bandada de gansos! —dijo—. ¿Qué tal un asado de ganso para comer?

Y se marchó apresuradamente con su escopeta.

—Humm, sería buenísimo —comentó Mary—. Ganso asado con relleno de hierbabuena—, ¿no te gustaría, Laura?

—No, y lo sabes perfectamente —respondió su hermana—. Sabes que no me gusta la hierbabuena: haremos el relleno con cebolla.

—¡A mí no me gusta la cebolla! —replicó Mary, enojada—. ¡Lo quiero con hierbabuena!

Laura se apoyó en sus talones mientras fregaba el suelo.

—¡No me importa lo que te guste! ¡No será así! ¡Creo que alguna vez puedo tener lo que quiero!

—¿Qué es esto, niñas? —exclamó Mamá, sorprendida—. ¿Os estáis peleando?

—¡Quiero hierbabuena! —insistió Mary.

—¡Y yo cebolla! —replicó Laura.

—¡Niñas, niñas! —prosiguió Mamá, disgustada—. ¡No comprendo que os sucede! Nunca había oído algo tan tonto: las dos sabéis que no tengo hierbabuena ni cebollas.

La puerta se abrió y por ella apareció Papá que depositó gravemente el arma en su sitio.

—No se me ha puesto a tiro ningún ganso —dijo—. La bandada se levantó cuando llegó al lago de Plata y siguió su marcha hacia el norte. Debieron ver los nuevos edificios y oír los ruidos. Parece como si en adelante fuera a escasear la caza por aquí.

Capítulo Veintisiete

VIVIR EN EL PUEBLO

Alrededor del inconcluso y pequeño pueblo la infinita pradera se extendía verdosa bajo la luz del sol porque comenzaban a crecer nuevos pastos por doquier. El lago de Plata era azul y las grandes y blancas nubes del cielo se reflejaban en sus claras aguas.

Lentamente Laura y Carrie andaban a ambos lados de Mary hacia el pueblo. Detrás de ellas iba la carreta cargada. Papá, Mamá y Grace viajaban en ella y la vaca Ellen iba sujeta detrás. Todos se trasladaban al nuevo edificio que Papá estaba construyendo.

Los topógrafos habían llegado. Los señores Boast se habían ido a su propiedad. No tenían otro lugar donde hospedarse que el edificio inconcluso de Papá, y Laura no conocía a nadie entre la actividad, bullicio y ajetreo del pueblo. Ahora ya no se sentía aislada y feliz en la pradera, sino solitaria y asustada. La existencia del pueblo establecía esa diferencia.

Los hombres estaban muy atareados trabajando en los nuevos edificios, arriba y abajo de la calle Mayor. Virutas, serrín y fragmentos de maderas aparecían diseminados por el barro, la joven hierba estaba pisoteada por las calles y las ruedas habían grabado profundas roderas en él. A través de las estructuras de los edificios, que aún no tenían sus costaneras, por los pasillos existentes entre las casas y más allá a ambos extremos de la calle, la limpia y verde pradera ondulaba hacia lo lejos tranquila bajo el claro cielo, pero el pueblo estaba agitado y bullicioso, con el desagradable chirriar de sierras, martillazos, golpes de cajas y fragor de tableros que se descargaban de las carretas y por las ruidosas charlas de los hombres.

Laura y Carrie aguardaron tímidamente la carreta de Papá y condujeron a Mary hasta que llegaron a la esquina donde se encontraba el edificio de su padre.

Las altas y falsas fachadas se erguían ocultando la mitad del cielo. La construcción tenía una puerta principal con una ventana de cristal a cada lado que daba a una amplia sala en cuyo extremo opuesto había otra puerta y junto a ella una ventana lateral. El suelo consistía en amplios tableros y las paredes, a su vez, en maderos por cuyas rendijas y nudos se filtraba la luz del día: eso era todo.

—Este lugar no es muy caliente ni impermeable, Caroline —dijo Papá—. No he tenido tiempo de poner costaneras ni cielo raso en el interior, y no hay cornisas bajo los aleros para tapar esa gran rendija, pero creo que estaremos bastante bien aquí ahora que ha llegado la primavera y que pronto conseguiré acabar del todo la construcción.

—Debes hacer una escalera para que podamos subir al desván —dijo Mamá—. Ahora tenderé una cortina para separar dos habitaciones, de modo que dispongamos de un lugar donde dormir hasta que puedas hacer un tabique. Con este tiempo tan cálido no creo que necesitemos costaneras ni cielo raso.

Papá instaló a Ellen y a los caballos en el pequeño establo situado en la parte posterior de la parcela. Luego colocó la estufa y puso una cuerda para la cortina de Mamá, que colgó sábanas de ella mientras Laura ayudaba a su padre a montar el armazón del lecho. Carrie la ayudó seguidamente a hacer las camas y entretanto Mary entretenía a Grace y Mamá hacía la cena.

La luz de la lámpara brillaba sobre la blanca cortina mientras comían, pero el extremo de la larga sala estaba en sombras y un fresco airecillo se filtraba por las rendijas haciendo fluctuar la luz de la lámpara y moverse la cortina. Había demasiado espacio vacío en aquel edificio y Laura sentía constantemente la proximidad de desconocidos en el exterior. Se oían pisadas acompañadas de luces de faroles y voces que hablaban, aunque no lograba comprender sus palabras. Incluso cuando la noche era tranquila, se sentía agobiada por tener tanta gente tan próxima.

Yacía en el lecho con Mary en la oscura y aireada habitación, se quedaba mirando a la tenue y blanca cortina y escuchaba el silencio sintiéndose atrapada en el pueblo.

En ocasiones, durante la noche, soñaba con el aullido de los lobos, pero estaba en la cama y el sonido que percibía era el rumor del viento. Tenía frío, demasiado frío para levantarse. Las mantas parecían muy

delgadas. Se arrimaba más a Mary y escondía su aterida cabeza bajo las finas mantas. En sus sueños, se sentía entumecida y temblando de frío, hasta que finalmente acababa sintiéndose gratamente confortada. Lo primero que distinguió fue la voz de Papá cantando:

> *¡Oh, soy tan feliz como un girasol*
> *que se inclina y agita en la brisa!*
> *Y mi corazón es tan ligero como el viento que arranca*
> *las hojas de los árboles.*

Laura abrió un ojo y miró desde debajo de las ropas. La nieve, gran cantidad de nieve, caía suavemente en su rostro.

—¡Cielos! —exclamó.

—Estate quieta, Laura —le dijo Papá—, quedaos quietas todas. En un santiamén os quitaré la nieve con una pala. En cuanto consiga encender el fuego y le quite la nieve a Mamá.

Laura oyó el sonido de la estufa, luego rascar una cerilla y el chasquido de leña menuda ardiendo. No se movió. Las ropas pesaban sobre ella e imaginaba que se sentía tan caliente como un tostón.

Papá apareció en seguida tras la cortina.

—Hay un pie de nieve sobre estas camas —exclamó—. Pero la quitaré en un abrir y cerrar de ojos. Permaneced quietas, niñas.

Laura y Mary estuvieron muy quietas mientras Papá retiraba la nieve de sus camas y el frío se filtraba por ellas. Yacían temblando de frío y observando mientras él retiraba con su pala la nieve de Carrie y de Grace. Luego fue al establo para liberar asimismo a Ellen y a los caballos de la blanca capa que los cubría.

—¡Arriba, niñas! —exclamó Mamá—. ¡Traed vuestras ropas y vestíos junto al fuego!

Laura salto del lecho y cogió sus ropas de la silla donde las había dejado la noche anterior. Sacudió la nieve de ellas y corrió descalza sobre la nieve diseminada por el frío suelo hasta la estufa que estaba detrás de la cortina.

—Aguarda, Mary —gritó mientras corría—, volveré dentro de un momento y te quitaré la nieve de las ropas.

Se sacudió las prendas interiores y se vistió tan deprisa que la nieve no tuvo tiempo de fundirse en ellas. Rápidamente sacudió sus medias y vació la nieve de los zapatos calzándoselos en seguida. Iba tan deprisa que cuando estuvo vestida ya se sentía muy caliente. Luego retiró la nieve de las ropas de Mary y la ayudó rápidamente a calentarlas con el calor que despedía la estufa.

Carrie llegó corriendo dando saltitos y gritando.

—¡Oh, la nieve me quema los pies! —decía riendo entre el castañeteo de sus dientes por causa del frío.

Era tan emocionante despertarse entre un montón de nieve que no podía aguardar en la cama a que Laura le sacudiese la nieve de las ropas. Laura la ayudó a vestirse y con la pala de la estufa y la escoba barrieron y recogieron la nieve en montones en los rincones más alejados de la gran sala.

La nieve estaba amontonada por la calle. Cada montón de madera formaba una montaña de nieve de la que asomaban, delgados y amarillos, los maderos desnudos de los edificios inconclusos. El sol había salido y los montículos de nieve estaban sonrosados y los huecos azules. A través de todas las rendijas, el aire llegaba frío como hielo.

Mamá calentó su chal junto al fuego, envolvió confortablemente a Grace y se la entregó a Mary que se encontraba en la mecedora junto a la estufa. El calor que ésta despedía se transmitía al aire que la rodeaba. Mamá dispuso la mesa casi junto a la estufa y cuando Papá regresó, el almuerzo estaba preparado.

—Este edificio es como un cedazo —dijo—. La nieve se introduce por todas las grietas y bajo los aleros. Ha sido una verdadera ventisca mientras ha durado.

—¡Y pensar que pasamos todo el invierno sin ventiscas y ahora nos viene una en abril! —se admiró Mamá.

—Por fortuna ha caído de noche, cuando la gente estaba a cubierto —dijo Papá—. Si hubiera sido de día, alguien se hubiera perdido y muerto de frío. Nadie espera una ventisca en esta época del año.

—Bueno, el frío no puede durar —se animó Mamá a sí misma—. Abril lluvioso trae a mayo florido y hermoso. ¿Qué traerá una ventisca abrileña?

—En primer lugar, un tabique —dijo Papá—. Levantaré un tabique para mantener el calor alrededor de la estufa antes de que pase un día.

Y así lo hizo. Todo el día estuvo junto a la estufa aserrando y martilleando. Laura y Carrie le ayudaron a sostener los tableros y Grace, en el regazo de Mary, jugaba con las virutas. El nuevo tabique formó una habitación pequeña con la estufa, la mesa y las camas en ella y su ventana dando a toda la verde pradera cubierta de nieve.

Luego Papá trajo más madera y comenzó a cubrir las paredes.

—Sea como sea taparé las rendijas —dijo.

Por toda la ciudad se oía aserrar y dar martillazos en el interior de los restantes edificios.

—Lo siento por la señora Beardsley —dijo Mamá—, llevando adelante un hotel cuando se está construyendo sobre su cabeza.

—Eso es lo que representa construir un país —observó Papá—.

Construir sobre nuestra cabeza y bajo nuestros pies, pero construir. Nunca conseguiremos nada estable que nos convenga si aguardamos a que las cosas sean convenientes antes de comenzar.

A los pocos días la nieve desapareció y la primavera regresó. El viento de la pradera trajo olor a tierra mojada y a hierba joven, el sol salía cada día más temprano y durante todo el día en el cielo azul resonaban lánguidamente los cantos de las aves silvestres. Laura las veía volar en lo alto del cielo, bandada tras bandada, pequeñas y negras en el aire vibrante.

Ya no se reunían en gran número sobre el lago de Plata. Sólo algunas bandadas muy cansadas se instalaban en las ciénagas tras la puesta de sol y se remontaban de nuevo en el cielo antes de que amaneciera. A las aves silvestres no les agradaba el lugar lleno de gente ni tampoco a Laura.

—Preferiría estar en la pradera con la hierba y los pájaros y el violín de Papá —pensaba la niña—. ¡Incluso con los lobos! Preferiría estar en cualquier lugar que no fuese este fangoso, atestado y ruidoso pueblo, lleno de desconocidos.

—¿Cuando nos trasladaremos a la hacienda, Papá? —le preguntó.

—En cuanto venda este edificio —repuso su padre.

Cada día llegaban más carretas. Troncos de caballos y vehículos se detenían a lo largo de la calle fangosa, junto a las ventanas. Se oían constantemente martillazos, pisadas y voces. Equipos de obreros nivelaban con palas el tendido de la vía, los arrieros descargaban traviesas y raíles. Por las noches bebían y armaban escándalo en las cantinas.

A Carrie le agradaba el pueblo. Quería salir a la calle y verlo todo y permanecía largas horas mirando por las ventanas. A veces Mamá le permitía cruzar la calle para visitar a otras dos pequeñas que vivían allí, pero con frecuencia las otras niñas acudían a verla, porque a Mamá no le gustaba perder a Carrie de vista.

—Confieso, Laura, que estás tan inquieta que me impacientas —le dijo Mamá un día—. Si vas a ser maestra ¿por qué no comienzas ahora? ¿No te parece que estaría muy bien que cada día dieras clases a Carrie, Luizy y Annie? Así Carrie estaría en casa y sería bueno para todas.

A Laura no le parecía tan buena idea. No deseaba en absoluto hacerlo, pero repuso obediente:

—Sí, Mamá.

Pensó que realmente debería intentarlo. De modo que a la mañana siguiente, cuando Luizy y Annie acudieron a jugar con Carrie, Laura les dijo que iban a dar clase. Las hizo sentarse a todas en fila y les señaló una lección del viejo abecedario de Mamá para que la estudiasen.

—Estudiadla durante quince minutos —les dijo—, y luego yo os tomaré la lección.

La miraron con ojos muy asombrados, pero no dijeron nada y se pusieron todas a una a estudiar mientras Laura se sentaba delante de ellas. Nunca hubieron quince minutos más largos. Por fin Laura les tomó la lección y luego les puso otra lección de aritmética. Cuando estaban inquietas les decía que permanecieran en silencio y les hacía levantar la mano pidiendo permiso cuando querían decir algo.

—Estoy segura de que lo hacéis todas muy bien —les dijo Mamá sonriente cuando por fin llegó la hora de comer—. Podéis venir cada mañana y Laura os dará clases. Decid a vuestra madre que yo pasaré por su casa esta tarde para hablarle de nuestra pequeña escuela.

—Sí, señora —respondieron Luizy y Annie con escaso entusiasmo—. Adiós, señora.

Cada mañana la pequeña Annie de cabellos castaños y la pelirroja Luizy se presentaban más de mala gana, cada día era más difícil enseñarles. Alborotaban tanto que Laura no lograba hacerlas estar quietas ni conseguía que estudiasen. Un día no se presentaron.

—Tal vez sean demasiado jóvenes para apreciar el valor de los estudios, pero iré a ver a su madre —dijo Mamá.

—No te desanimes, Laura —la alentó Mary—. De todos modos ya has dado tus primeras clases en De Smet.

—No estoy desanimada —repuso Laura alegremente.

Estaba tan contenta de haberse librado de aquellas clases que barría la casa cantando.

—¡Mira, Laura! —gritó Carrie desde la ventana—. ¡Algo sucede! Tal vez por esa razón no hayan venido.

Frente al hotel se reunía una muchedumbre. Cada vez acudían más hombres de todas direcciones y sus voces sonaban fuertes y excitadas. Laura recordó la espantosa multitud que amenazó a Papá el día de pago. Al cabo de unos momentos vio a su padre abriéndose paso entre la gente camino de casa.

Tenía aspecto muy serio.

—¿Qué te parece si nos vamos inmediatamente a la hacienda, Caroline? —preguntó.

—¿Hoy? —se sorprendió Mamá.

—Pasado mañana —decidió Papá—. Eso es lo que me costará construir una cabaña allí.

—Siéntate, Charles, y dime qué ha sucedido —le dijo Mamá tranquilamente.

Papá se sentó.

—Ha habido un asesinato.

Mamá abrió los ojos sorprendida y se quedó sin aliento.

—¿Aquí? —dijo.

—Al sur de la ciudad —repuso Papá levantándose—. Un usurpador de propiedades mató a Hunter, aquel que trabajaba en las vías. Ayer fue a su hacienda con su padre. Cuando llegaban a la cabaña de la finca, un hombre abrió la puerta y se les quedó mirando. Hunter le preguntó qué estaba haciendo allí y él le mató de un tiro. También intentó matar al viejo, pero él fustigó a los caballos y logró escapar. Ninguno de ellos iba armado. El viejo fue a Mitchell y esta mañana regresó con unos agentes federales que arrestaron al individuo. ¡Arrestarle! —exclamó furioso—. ¡Colgarle sería poco para él! ¡Si lo hubiéramos sabido antes!

—Charles —dijo Mamá.

—Bien —prosiguió Papá—. Creo que será mejor que nos vayamos a nuestra hacienda antes de que alguien intente usurpárnosla.

—También yo lo creo así —convino Mamá—. Nos trasladaremos en cuanto puedas construir algún tipo de refugio.

—Prepárame un tentempié y comenzaré ahora mismo —repuso Papá—. Buscaré una carga de madera y un hombre que me ayude y construiré la cabaña esta misma tarde: mañana nos iremos.

Capítulo Veintiocho

DÍA DE MUDANZA

—¡Despierta, dormilona! —exclamó Laura removiendo a Carrie bajo las sábanas—. ¡Es día de mudanza! ¡Levántate en seguida, nos vamos a la hacienda!

Almorzaron rápidamente sin perder tiempo en conversaciones. Laura lavó enseguida los platos y Carrie los secó mientras Mamá recogía la última caja y Papá enganchaba los caballos. Era el día de mudanza más alegre que Laura recordaba. Mamá y Mary estaban contentas porque aquello representaba el fin de los viajes, pues iban a instalarse en la hacienda de la que jamás se moverían; Carrie se sentía contenta porque estaba deseosa de ver la hacienda; Laura lo estaba porque dejaban el pueblo; Papá, porque siempre le había gustado desplazarse, y Grace cantaba y gritaba de alegría porque todos estaban contentos.

En cuanto los platos estuvieron secos, Mamá los guardó en la tina para que no se rompieran. Papá cargó el baúl, las cajas de embalaje y la tina de platos en la carreta. Luego Mamá le ayudó a desmontar la chimenea de la estufa y la pusieron en la caja de la carreta. Colocó la mesa y las sillas encima de todo y luego se quedó mirando la carga acariciándose la barba.

—Tendré que hacer dos viajes para que podamos ir todos —dijo—. Tened el resto preparado para cuando regrese.

—¡Pero tú solo no podrás descargar la estufa! —observó Mamá.

—Ya me las arreglaré —repuso él—. Lo que sube, debe bajar. Prepararé unos rodillos: allí tengo madera.

Montó en la carreta y marchó. Entonces Mamá y Laura enrollaron apretadamente las ropas de cama, bajaron el armazón de la gran cama de Mamá y las dos más pequeñas que Papá había comprado en el pueblo y embalaron las lámparas cuidadosamente en una caja, de pie para que no se vertiera el petróleo. Aseguraron los tubos con papel y los envolvieron en toallas guardándolos junto a las lámparas. Todo estaba dispuesto y esperando hasta que su padre regresó.

Papá puso entonces las camas y las cajas en la carreta y, sobre ellas, los rollos de sábanas. Luego Laura le alcanzó la caja del violín que arropó cuidadosamente entre las colchas. Encima de todo colocó la rinconera, del revés para que no se arañase. Luego trajo a Ellen y la ató detrás de la carreta.

—¡Vamos, Caroline, sube!

La ayudó a subir por la rueda de la carreta al muelle asiento.

—¡Cógela! —dijo echando a Grace en su regazo.

—Ahora, Mary —prosiguió y la ayudó cuidadosamente a subir a la madera tendida detrás del asiento, mientras Laura y Carrie ocupaban su sitio respectivo a ambos lados de ella.

—¡Vámonos ya! —exclamó Papá—. Enseguida estaremos en casa.

—¡Por piedad, Laura, ponte el sombrero! —exclamó Mamá—. El viento de primavera te estropeará el cutis.

Y adelantó el sombrerito de Grace para proteger su delicado y claro rostro. Mary también lo llevaba así y, desde luego, ella.

Laura lentamente tiró hacia arriba de las cintas para subirse el sombrero que pendía de su espalda y sus alas caídas le cubrieron las mejillas mientras salían del pueblo. Desde el túnel formado por el sombrero sólo veía la verde pradera y el cielo azul.

Siguió contemplándolos mientras se sujetaba a la parte posterior del asiento delantero, sacudida por el traqueteo de la carreta que avanzaba sobre las roderas de barro resecas por el viento. Cuando iba mirando, de pronto el soleado verdor y el azul del cielo se transformaron en dos caballos de flotantes crines y negras colas que trotaban uno junto al otro uncidos al arnés. Sus ijares marrones y sus patas delanteras brillaban al sol y movían delicadamente los remos. Arqueaban los cuellos con las orejas enderezadas y erguían orgullosos las cabezas a su paso.

—¡Oh, qué magníficos caballos! —exclamó Laura—. ¡Mira, Papá!

Y se volvió para contemplarlos mientras le fuera posible. Los corceles tiraban de una carreta ligera. Un joven iba de pie en ella conduciendo y un hombre más alto se encontraba junto a a él apoyando una mano en su hombro. Al cabo de un momento, las espaldas de los hom-

bres y la carreta se alejaban de modo que Laura ya no pudo seguir
mirándolos.

Papá también se había vuelto en su asiento para verlos pasar.

—Son los hijos de Wilder —dijo—. Conduce Almanzo y le acompaña su hermano Royal. Han tomado unas propiedades al norte de la ciudad y tienen los mejores caballos de la región. ¡Por San Jorge, pocas veces se ve un tronco como ese!

Laura deseó con todas sus fuerzas poseer unos caballos como aquéllos. Pensó que jamás podría conseguirlos.

Papá conducía ahora en dirección sur, cruzando la verde pradera y descendiendo por la suave pendiente hacia la Gran Ciénaga. La densa hierba de grueso grano de la ciénaga llenaba su extenso hueco y sobre las aguas aleteaba una garza real sin oscilar sus largas patas.

—¿Cuánto deben costar, Papá? —preguntó Laura.

—¿Qué, Polvorilla? —repuso él.

—Unos caballos como esos.

—¿Un par de caballos así? No menos de doscientos cincuenta dólares, quizás trescientos —le respondió—, ¿por qué?

—Por nada, sólo me lo preguntaba —replicó Laura.

Trescientos dólares eran tantísimo dinero que apenas podía imaginarlo. Sólo los ricos podían pagar semejante suma por unos caballos. Laura pensó que, si fuera rica, se compraría dos corceles castaños de piel bruñida con negras crines y colas. Echó atrás su sombrero al viento y pensó lo que representaría cabalgar en tan rápidos animales.

A lo lejos, la Gran Ciénaga se extendía y dilataba hacia el oeste y el sur. Al otro lado de la carreta discurría angosta y cenagosa hasta la estrecha punta del lago de Plata. Papá cruzó rápidamente la parte más angosta y remontó la elevación de terreno de la parte posterior.

—¡Ahí está! —exclamó.

La cabañita se levantaba nueva y radiante a la luz del sol.

Parecía un juguete amarillo en la gran pradera ondulante cubierta de agitadas hierbas nuevas.

Mamá sonreía cuando Papá la ayudó a apearse de la carreta.

—Parece un cobertizo cortado por la mitad.

—Estás equivocada, Caroline —replicó Papá—. Es una casita construida a medias, e incluso inacabada. La concluiremos ahora y enseguida levantaremos la otra mitad.

La casita y su medio techo inclinado estaban construidos con toscas maderas agrietadas. No había ventanas y como puerta se veía una abertura, pero sí tenía suelo. Y en éste una trampilla que conducía al sótano.

—Ayer sólo pude cavar el sótano y levantar esas toscas paredes

—dijo Papá—. ¡Pero ya estamos aquí y nadie podrá arrebatarnos nuestra propiedad! Y en breve te arreglaré las cosas, Caroline.

—Me alegro de estar en casa, Charles —dijo ella.

Antes de la puesta de sol estaban todos instalados en la divertida casita. La estufa estaba colocada, las camas hechas y colgada la cortina para dividir en dos habitaciones pequeñas la ya reducida estancia. Habían hecho y comido la cena, lavado los platos y la oscuridad invadía suavemente la pradera. Nadie deseaba encender luces, tan hermosa era aquella noche de primavera.

Mamá estaba sentada meciéndose junto al desnudo marco de la

puerta sosteniendo a Grace en su regazo y Carrie se encontraba junto a ella. Mary y Laura se sentaban juntas en el umbral. Papá se hallaba afuera de la puerta, en una silla sobre la hierba. Estaban en silencio mientras las estrellas aparecían una tras otra y las ranas croaban en la Gran Ciénaga.

Soplaba un suave viento. La oscuridad era suave y aterciopelada e inspiraba tranquilidad y seguridad. Las estrellas parpadeaban alegres por el inmenso cielo.

Entonces Papá murmuró:

—Tengo ganas de música, Laura.

La niña fue a buscarle la caja del violín que habían colocado en lugar seguro bajo la cama de Mamá. Papá sacó el violín de su refugio y lo afinó amorosamente. Seguidamente cantaron todos a la noche y a las estrellas:

Aleja tristes preocupaciones
porque lamentarse sólo trae penas,
si las cosas van hoy mal
mañana será otro día.

De modo que aleja tristes preocupaciones
y esfuérzate todo lo posible,
Arrima el hombro,
esa es la divisa de todos los hombres.

—Pondré mi pastorcilla en cuanto hayas concluido el techo que debe cubrirnos —dijo Mamá.

El violín de Papá le respondió desgranando breves notas que sonaron como agua a la luz del sol y se dilataron en un charco. La luna se remontaba en el cielo. Su pálida luz trepaba por el cielo y las estrellas se confundían en él. Fría y plateada la luz de la luna se extendía sobre la amplia y negra tierra y Papá cantó suavemente acompañado del violín:

Cuando las estrellas brillan intensamente
y los susurrantes vientos se serenan,
cuando las sombras crepusculares se suspenden sobre el prado,
Brilla una luz diminuta
y yo sé que ese faro brilla por mí.

CAPÍTULO VEINTINUEVE

LA CABAÑA EN LA PROPIEDAD

—Lo primero que haré es cavar un pozo —dijo Papá a la mañana siguiente.

Se puso al hombro la pala y el azadón y se marchó silbando hacia la ciénaga mientras Laura limpiaba la mesa del almuerzo y Mamá se subía las mangas.

—¡Vamos, niñas! —dijo alegremente—. ¡Todas a una y pronto tendremos las cosas en orden!

Pero incluso Mamá estaba confundida aquella mañana. La casita estaba llena a rebosar. Todo debía ser colocado cuidadosamente en su sitio. Laura, Carrie y Mamá levantaron y arrastraron el mobiliario de uno y otro lado, se detuvieron a pensar, y lo intentaron de nuevo. La mecedora de Mary y la mesa aún seguían afuera cuando Papá regresó.

—¡Bien, Caroline, tu pozo está cavado! —dijo alegremente—. De seis pies de profundidad y agua excelente y fresca corriendo por arenas movedizas. Ahora prepararé una trampilla para taparlo a fin de que Grace no se caiga y ya estará concluido.

Observó el desorden reinante y se echó atrás el sombrero para rascarse la cabeza.

—¿No podéis meterlo dentro?

—Sí, Charles —dijo Mamá—. Cuando se quiere, se puede.

A Laura se le ocurrió cómo colocar las camas. El problema era que ahora tenían tres. Si las ponían una junto a otra no había espacio para la mecedora de Mary. Laura pensó en instalar las pequeñas juntas, arrimadas a la pared y el pie de la grande contra ellas, con el cabezal apoyado en la otra pared.

—Entonces colgaremos una cortina alrededor —le dijo a Mamá—, y otra junto a la vuestra y así quedará espacio para la mecedora apoyándola contra vuestra cortina.

—¡Qué hija más inteligente tengo! —exclamó Mamá.

Al pie de la cama de Laura y Mary la mesa se adaptaba perfectamente bajo la ventana que Papá estaba abriendo en aquella pared. Instalaron la mecedora de Mamá junto a la mesa y la rinconera en aquella esquina, detrás de la puerta. En el cuarto rincón se encontraba la estufa que tenía adosada la alacena para los platos hecha de una caja de embalaje y el baúl que encajaba perfectamente entre la estufa y la mecedora de Mary.

—¡Ya está! —dijo Mamá—. Y las cajas irán bajo las camas. ¡No podía ser mejor!

Durante la comida, Papá dijo:

—Antes de que llegue la noche acabaré esta media casa.

Y así lo hizo. Abrió una ventana junto a la estufa, en la parte sur, instaló una puerta que había comprado en el almacén de maderas del pueblo y luego forró todo el exterior de la cabaña con papel embreado que sujetó con listones.

Laura le ayudó a desenrollar el ancho papel negro que olía a brea por el techo inclinado y las paredes de maderas nuevos y limpios con aroma de pino, le ayudó a cortarlo y lo sujetó para evitar que el viento se lo llevase mientras él clavaba los listones. El papel embreado no era bonito, pero cubría las rendijas y evitaba el paso del viento.

—Bien, ha sido un día de trabajo bien aprovechado —comentó Papá cuando se sentaron a cenar.

—Sí —dijo Mamá—, y mañana acabaremos de desembalar y nos instalaremos definitivamente. También debo hacer una hornada. Es una bendición tener levadura de nuevo: creo que nunca volveré a querer ver otro bollo de masa cortada.

—Tus panes ligeros son excelentes y también tus bollos de masa cortada —repuso Papá—, pero tampoco los tendremos si no traigo algo para cocerlos. Mañana iré a buscar una carga de leña del lago Henry.

—¿Podré acompañarte, Papá? —preguntó Laura.

—¿Y yo? —rogó Carrie.

—No, niñas —repuso su padre—. Estaré ausente mucho rato y Mamá os necesitará.

—¡Tengo ganas de ver árboles! —dijo Carrie.

—La comprendo perfectamente —intervino Mamá—. A mí también me gustaría volver a verlos. Me descansaría la vista de toda esta pradera donde no aparece uno solo. Ni siquiera se distingue un matorral en cualquier dirección.

—Esta región no tardará en verse cubierta de árboles —explicó Papá—, no olvides que esos son los propósitos de Tío Sam. En cada parcela hay un sector destinado a plantar arbolado y los colonos tenemos que plantar diez acres de ellos en cada una de esas zonas. Dentro de cuatro o cinco años verás árboles en todos los puntos del horizonte.

—Entonces estaré mirando en todas direcciones —repuso Mamá sonriente—. Nada más grato a la vista en verano que umbrosos bosquecillos que, por añadidura, interceptan el viento.

—No estoy tan seguro —dijo Papá—. Los árboles se extienden, ya sabes lo que sucedía en los Grandes Bosques de Wisconsin, que nos deslomábamos arrancando los tocones y los rebrotes con la azada para conseguir mantener un pequeño campo de cultivo. Es muy agradable una pradera despejada como ésta cuando uno se propone cultivar. Pero Tío Sam no parece considerarlo así, de modo que no te preocupes, Caroline: vas a ver esta región totalmente cubierta de árboles. Probablemente detendrán el viento y cambiarán además el clima, tal como has dicho.

Aquella noche estaban demasiado cansados para oír música. Poco después de cenar todos dormían y a temprana hora de la mañana Papá marchó al lago Henry.

Todo era alegre bajo los primeros rayos de sol cuando Laura condujo a Ellen al pozo a abrevarse. La pradera estaba totalmente cubierta de blancos capullos de lirios que se balanceaban al viento. Por la ladera de la pequeña colina que estaba tras la cabaña, se extendían franjas de azafrán silvestre amarillos y azules entre los jóvenes tallos y por doquier la acederilla desenroscaba sus florecillas rosa-lavanda sobre bruñidas hojas atreboladas. Laura se inclinaba a recogerlas a su paso y lentamente mordisqueaba los amargos y pequeños pétalos y sus tallos.

Desde la frondosa hondonada donde sujetaba a Ellen con una estaca podía ver el pueblo más allá, hacia el norte. La Gran Ciénaga se curvaba y extendía ampliamente hacia el sudoeste, sobre acres y acres de terreno con sus altas hierbas de gruesos tallos. Todo el resto de la inmensa pradera era una verde alfombra salpicada de brotes primaverales.

Pese a ser ya bastante crecida, Laura extendía los brazos y corría contra el viento lanzándose sobre las hierbas salpicadas de flores y rodaba como un potro. Se tendía en el suave y blando suelo y contemplaba el inmenso azul que se extendía sobre su cabeza y las altas y nacaradas nubes que se deslizaban por él. Era tan feliz que los ojos se le llenaban de lágrimas.

De pronto pensó: «¿Me habré manchado el vestido de hierba?» Se

levantó y examinó preocupada sus ropas descubriendo una mancha verde en el percal. Pensó que debía haber estado ayudando a Mamá y regresó apresuradamente a la pequeña cabaña revestida de papel embreado.

—Es como la piel de un tigre —le dijo a Mamá.

—¿El qué, Laura? —le preguntó Mamá mirándola sorprendida.

Estaba poniendo sus libros en la estantería inferior de la rinconera.

—Esta cabaña —le dijo Laura—, con las franjas amarillas de los listones sobre el papel embreado.

—Los tigres son amarillos con franjas negras reparó Mary.

En la estantería superior a los libros había espacio para las cajitas de cristal de Mary, Laura y Carrie. Cada una tenía flores secas a un lado y flores de colores en la tapa. Las tres quedaban alegres y brillantes en la estantería.

Mamá colocó el reloj en la cuarta estantería. La caja de madera marrón extendía su delicada talla desde la cara de cristal redonda y tras el cristal y estaba pintada con flores doradas, y el péndulo de bronce oscilaba de uno a otro lado con su tic-tac.

En la estantería superior, encima del reloj, la más pequeña de todas, Laura puso su joyero de porcelana blanca con la tacita dorada y el plato en lo alto y, junto a ella, Carrie colocó su perro de porcelana castaño y blanco.

—Es muy bonito, ¿verdad? —aprobó Mamá—. Cuando se cierra la puerta esa rinconera adorna mucho la habitación. Ahora voy a por la pastora de porcelana.

Miró en torno rápidamente y exclamó:

—¡Cielos! ¿Habrá subido ya la masa del pan?

La masa del pan estaba levantando la tapa del recipiente. Mamá espolvoreó rápidamente la artesa de harina y amasó la pasta. Luego preparó la comida. Estaba poniendo la bandeja de bollos esponjosos en el horno cuando llegó Papá con su carreta subiendo la cuesta. Tras él, la caja del vehículo se veía cargada con las ramas de matorrales que había traído como combustible para aquella primavera, porque en el lago Henry no había árboles de verdad.

—¡Hola, Polvorilla! —exclamó—. ¡Que aguarde la comida, Caroline! —dijo—. Tengo algo que mostraros en cuanto asegure a los caballos.

Retiró rápidamente el arnés de los animales, lo echó sobre la lengüeta de la carreta y se los llevó apresuradamente, hasta sus cuerdas sujetas a una estaca y regresó corriendo. Luego levantó una manta que cubría la parte delantera de la caja de la carreta.

—Aquí tienes, Caroline —exclamó sonriente—. Los he tapado para que no se secaran al viento.

—¿Qué es eso, Charles? —Mamá y Laura se asomaban sobre la caja del vehículo y Carrie se subía por la rueda—. ¡Árboles! —exclamó.

—¡Son arbolitos! —gritó Laura—. ¡Mary, Papá ha traído arbolitos!

—Son chopos de Virginia —les informó su padre—. Todos ellos proceden de semillas del Arbol Solitario que vimos al otro lado de la pradera, cuando veníamos de Brookins. Es un árbol gigantesco cuando te acercas a él. Están sembrados a todo lo largo del lago Henry. Yo arranqué bastantes semilleros para formar una barrera contra el viento alrededor de la cabaña. En cuanto pueda plantarlos, tendrás tus árboles.

Cogió su azada de la carreta y añadió:

—El primero será el tuyo, Caroline. ¿Dónde lo quieres plantar?

—Aguarda un momento —respondió ella. Y corrió junto a la estufa, cerró la tapa y retiró la olla de patatas. Luego escogió un árbol—. Quiero éste y que esté plantado junto a la puerta —dijo.

Papá cavó un recuadro de césped con su azada y levantó la hierba. Hizo un agujero y desmenuzó la suave tierra hasta que estuvo fina y bien suelta. Luego levantó cuidadosamente el arbolito y lo transportó sin desprender la tierra que cubría sus raíces.

—Sujétalo bien recto, Caroline: es tu árbol. Después de comer le echaremos un cubo de agua cada uno. Pero primero esperaremos a que hunda bien sus raíces en la tierra. Vamos, Mary, ahora te toca a ti.

Papá cavó otro agujero en línea recta con el primero. Sacó otro árbol de la carreta y Mary lo sostuvo cuidadosamente en pie mientras Papá lo plantaba: aquel sería el árbol de Mary.

—El tuyo es el siguiente, Laura —dijo Papá—. Haremos un cortavientos cuadrado alrededor de la casa. El árbol de Mamá y el mío estarán junto a la puerta y cada una de vosotras tendréis uno a ambos lados.

Laura sostuvo el árbol mientras su padre lo plantaba. Luego Carrie cuidó del suyo. Los cuatro arbolitos se mantenían erguidos en las zonas de tierra oscura entre la hierba.

—Ahora Grace debe tener el suyo —dijo Papá—. ¿Dónde está? Llamó a Mamá:

—¡Caroline, trae a Grace para que plante su árbol!

Mamá asomó a la puerta.

—Estaba afuera contigo, Charles —le dijo.

—Supongo que estará detrás de la casa. Voy a por ella —dijo Carrie. Y marchó gritando—: ¡Grace! ¡Grace!

Al cabo de un momento regresaba de la parte de atrás de la cabaña con los ojos muy abiertos, expresión asustada y rostro palidísimo.

—¡No la encuentro, Papá! —dijo.

—No debe andar lejos —dijo Mamá. Y llamó—: ¡Grace, Grace!

De pronto exclamó:

—¡El pozo!

Y echó a correr por el sendero.

El pozo estaba tapado, por lo que Grace no había caído dentro.

—No puede haberse perdido —dijo Papá.

—Yo la dejé afuera, creí que estaba contigo —dijo Mamá.

—No puede haberse perdido —insistió Papá—. No la perdí de vista un momento —y gritó—: ¡Grace! ¡Grace!

Laura echó a correr por la colina sin distinguir a la niña por ninguna parte. Estuvo mirando a lo largo de la orilla de la Gran Ciénaga, hacia el lago de Plata y sobre la florida pradera. Miraba rápidamente, una y otra vez, sin ver nada más que flores y tallos silvestres.

—¡Grace! ¡Grace! —gritaba una y otra vez.

Papá se encontró con ella en el repecho cuando bajaba y Mamá llegaba jadeante.

—Tiene que estar en algún sitio, Laura —decía Papá—. Debes haber dejado de verla. No puede estar... —de pronto terriblemente asustado exclamó—: ¡La Gran Ciénaga!

Dio media vuelta y echó a correr.

Mamá fue tras él al tiempo que les decía:

—¡Carrie, quédate con Mary! ¡Y tú, Laura, búscala!

Mary se quedó en la puerta de la cabaña llamando a su hermanita.

Débilmente, desde la Gran Ciénaga, llegaban los gritos de sus padres.

—¡Grace! ¿Dónde estás? ¡Grace!

Si Grace se había perdido en la Gran Ciénaga ¿cómo diablos encontrarla? Las viejas y muertas hierbas superaban la cabeza de Laura y se extendían por acres y acres, por millas y millas. En el profundo lodo se hundían los pies descalzos y había pozos de agua. Laura podía oír desde donde se encontraba el sonido de los tallos de grueso grano de la ciénaga entre el viento, un sonido sofocado que casi apagaba los agudos gritos de Mamá.

Se sentía fría y enferma.

—¿Por qué no vas a buscarla? —exclamó Carrie—. ¡No te quedes ahí! ¡Haz algo! ¡Iré yo misma!

—Mamá dijo que te quedaras con Mary —repuso Laura—. De modo que será mejor que obedezcas.

—¡Y a ti te dijo que la buscaras! —gritó Carrie—. ¡Ve enseguida! ¡Búscala! ¡Grace! ¡Grace!

—¡Cállate y déjame pensar! —vociferó Laura.

Y echó a correr por la soleada pradera.

Capítulo Treinta

DONDE CRECEN LAS VIOLETAS

Laura se dirigió hacia el sur. Las hierbas azotaban sus pies descalzos. Las mariposas revoloteaban sobre las flores. No había matorral ni maleza entre los que pudiera hallarse escondida la niña. No había nada, sólo hierbas y flores ondeando a la luz del sol.

Pensó que si ella fuera pequeña y estuviera jugando sola no iría a la sombría Gran Ciénaga, no se metería entre el barro y las altas hierbas. «¡Oh, Grace!, ¿por qué no te habré vigilado?», pensó. ¡La encantadora e indefensa chiquitina! «¡Grace! ¡Grace!», gritaba. Se quedaba sin aliento y le dolía el costado.

Seguía corriendo. Grace debía haber tomado aquel camino. Tal vez persiguiera a una mariposa. No iría a la Gran Ciénaga, no escalaría aquella colina; no estaba allí. «¡Oh, pequeñita, no puedo verte ni al este ni al sur de esta odiosa pradera. ¡Grace!»

La horrible y soleada pradera era tan inmensa... ningún bebé perdido podría encontrarse allí. Desde la Gran Ciénaga llegaban a sus oídos las voces de Mamá y los gritos de Papá. Eran gritos tenues, perdidos en el viento, perdidos en la enorme inmensidad de la llanura.

Laura jadeaba y le dolían los costados, bajo las costillas. Tenía sensación de ahogo y la mirada confusa. Subió una pequeña pendiente. Nada, ningún punto de sombra se descubría en la uniforme extensión que la rodeaba. Siguió corriendo y, de repente, el terreno se cortó a sus pies y estuvo a punto de caer en un pronunciado talud.

Y allí estaba Grace. Entre una gran extensión azul, se encontraba sentada. El sol arrancaba destellos dorados a sus cabellos que se agitaban al viento. La niña alzó la mirada de sus grandes ojos, tan azules como violetas. Tenía las manos llenas de violetas que tendió a Laura diciendo:

—¡Huele, huele!

Laura se dejó caer, cogió a la pequeña en brazos y la sostuvo cuidadosamente mientras jadeaba tratando de normalizar su respiración. Grace se apoyó en su brazo para coger más flores. Estaban rodeadas por masas de violetas que florecían sobre frondosas hojas. Las violetas cubrían el liso fondo de un enorme círculo. Alrededor de aquel lago florido, se levantaban casi enhiestos los ribazos de césped hasta el nivel de la pradera. Allí, en aquel lugar bajo y circular, el viento apenas alteraba la fragancia de las flores. El sol era más cálido, el cielo se extendía sobre sus cabezas y verdes muros de hierba se curvaban a su alrededor mientras las mariposas revoloteaban sobre las frondosidades.

Laura se puso en pie e hizo levantarse a su hermana. Tomó las violetas que Grace le entregaba y la cogió de la mano.

—¡Vamos, Grace! —le dijo—. Debemos regresar a casa.

Y echó una última mirada a la pequeña hondonada mientras ayudaba a la niña a subir por el ribazo.

Grace caminaba tan despacio que durante un rato Laura la llevó en brazos. Luego la dejó caminar porque Grace casi tenia tres años y pesaba bastante. Después volvió a cogerla. Así, llevándola y ayudándola a andar, Laura la condujo a la cabaña y se la entregó a Mary.

Luego corrió hacia la Gran Ciénaga gritando:

—¡Papá! ¡Mamá! ¡Ya la tengo!

Siguió gritando hasta que su padre la oyó y avisó a su madre que estaba algo más alejada, entre las altas hierbas. Lentamente se abrieron camino juntos saliendo de la Gran Ciénaga y lentamente subieron hasta la cabaña, sucios de barro y cansados, pero satisfechos.

—¿Dónde la encontraste, Laura? —le preguntó Mamá cogiendo a la pequeña en sus brazos y dejándose caer en una silla.

—En un... —vaciló un instante y dijo—: Papá, ¿puede ser realmente un círculo fantástico? Era perfectamente redondo, con un fondo perfectamente liso. El ribazo que lo rodeaba tenía la misma altura en todo su contorno. No se podia distinguir rastro de aquel lugar hasta que uno se encontraba en la orilla. Es muy grande y todo el fondo está densamente cubierto de violetas. Un lugar como ese no puede ser real, Papá. Lo han hecho a propósito.

—Eres demasiado mayor para creer en duendes, Laura —le dijo Mamá dulcemente—. Charles, no debes estimular tales fantasías.

—Pero no es... no es un lugar normal, de verdad —protestó Lau-

ra—. Y huele con toda la dulzura de las violetas. Tampoco eran violetas corrientes.

—Perfuman toda la casa —reconoció Mamá—, pero son violetas corrientes y los duendes no existen.

—Tienes razón, Laura, las manos humanas no crearon ese lugar —intervino Papá—. Pero tus duendes son grandes y peligrosas bestias, con cuernos y bultos en la espalda. Ese lugar es un antiguo revolcadero de búfalos. Sabes que los búfalos son ganado salvaje. Pisotean el terreno y se revuelven por el polvo igual que el ganado.

»Durante mucho tiempo los rebaños de búfalos tenían esos revolcaderos. Pisoteaban la tierra y el viento despedía el polvo. Luego llegaba otro rebaño que revolvía de nuevo la tierra en el mismo lugar. Acudían siempre a los mismos sitios y...

—¿Por qué lo hacían así, Papá? —se interesó Laura.

—No lo sé —respondió su padre—. Quizá porque el terreno era allí más blando. Ahora los búfalos han desaparecido y la hierba crece en sus revolcaderos. La hierba y las violetas.

—Bien —dijo Mamá—. Está bien lo que bien acaba y hace mucho que ha pasado la hora de comer. Confío que Carrie y tú no habréis dejado que se quemasen los bollos, Mary.

—¡No, Mamá! —dijo Mary.

Y Carrie le mostró los bizcochos envueltos en un paño limpio para mantenerlos calientes y las patatas escurridas y harinosas en su olla.

—Siéntate tranquila, Mamá, y descansa —dijo Laura—. Yo freiré el tocino salado y haré la salsa.

Sólo Grace estaba hambrienta. Comieron lentamente y después Papá acabó de plantar la barrera contra el viento. Mamá ayudó a Grace a sostener su arbolito mientras su padre lo hundía firmemente en la tierra. Cuando todos los árboles estuvieron plantados, Carrie y Laura echaron sendos cubos de agua del pozo. En cuanto acabaron, ya era hora de preparar la cena.

—Bien —dijo Papá en la mesa—. Por fin estamos instalados en nuestra hacienda.

—Sí —dijo Mamá—. Salvo por una cosa ¡Dios!, qué día hemos tenido. No he tenido tiempo de clavar un clavo para la repisa.

—Yo cuidaré de ello en cuanto concluya mi té, Caroline —se ofreció Papá.

Buscó el martillo en la caja de herramientas que tenía bajo la cama y fijó un clavo en la pared entre la mesa y la rinconera.

—Ahora trae tu repisa y la pastora de porcelana —dijo.

Mamá se los entregó. Papá colgó el estante en el clavo y colocó en él la pastorcilla. Con sus zapatitos, su corpiño apretado y sus dorados cabellos era tan radiante como lo fuera hacía tanto tiempo en los Grandes Bosques. Sus faldas eran amplias y blancas y tenía sonrosadas mejillas y ojos azules, tan dulces como siempre. Y la repisa que Papá había tallado como regalo navideño para Mamá hacía tanto tiempo, seguía sin ningún arañazo e incluso más brillante y pulida que cuando era nueva.

Sobre la puerta Papá colgó su rifle y su escopeta y luego en otro clavo, encima, una brillante y nueva herradura.

—Bien —dijo mirando en torno a la confortable y atestada cabaña—. Una casa pequeña pronto está aseada. Es el lugar donde más justos hemos estado, Caroline, pero esto es sólo el comienzo.

Mamá le sonrió y él dijo a Laura:

—Voy a cantarte una canción sobre esa herradura.

Ella le trajo el violín y Papá se sentó en la puerta y afinó el instrumento. Mamá se instaló en su silla y acunó a Grace para que se durmiera. Laura lavó los platos sin hacer ruido y Carrie los secó mientras Papá tocaba el violín y cantaba:

> *Viajamos juntos muy satisfechos por la vida*
> *y tratamos de vivir en paz con todos.*
> *Nos mantenemos libres de disgustos y problemas*
> *y estamos contentos cuando nos visitan nuestros amigos.*
> *Nuestra casa es alegre, feliz y radiante,*
> *estamos satisfechos y no pedimos nada más.*
> *Y la razón de que prosperemos os la voy a decir:*
> *una herradura cuelga sobre nuestra puerta.*
>
> *Tened una herradura colgada sobre la puerta:*
> *os traerá felicidad eterna.*
> *Si queréis ser felices y estar libres de preocupaciones,*
> *tened la herradura colgada sobre la puerta.*

—Me parece algo atea, Charles —dijo Mamá.

—Bueno, de todos modos me pregunto si nos irán bien las cosas aquí, Caroline —repuso Papá—; con el tiempo construiremos más habitaciones para la casa y quizá tengas una calesa con su tiro de caballos. No voy a labrar mucha tierra. Tendremos jardín y un campo pequeño, pero principalmente cultivaré forraje y criaré ganado. Donde pastaban tantos búfalos debe ser buena zona para ganado.

Los platos ya estaban limpios. Laura llevó el barreño a cierta distancia de la puerta posterior y arrojó el agua muy lejos, sobre la hierba donde al día siguiente la secaría el sol. Las primeras estrellas despuntaban en un pálido cielo. Algunas luces parpadeaban a distancia, amarillentas, en el pequeño pueblo, pero toda la inmensa llanura estaba en sombras. Aunque apenas soplaba el viento, el aire se movía y susurraba para sí entre la hierba. Laura creía saber lo que decía. Solitarios, salvajes y eternos eran tierra, agua, cielo y el aire que corría.

—Los búfalos se marcharon —pensó—, y ahora somos colonos.

Capítulo Treinta y Uno

MOSQUITOS

—Debemos construir un establo para los caballos —dijo Papá—. No siempre hará tanto calor para que puedan quedarse afuera y también puede caer una fuerte tormenta en verano. Han de tener un refugio.

—¿También Ellen, Papá? —preguntó Laura.

—El ganado es mejor que esté afuera en verano —respondió él—, pero prefiero tener a los caballos bajo techado por la noche.

Laura le sostuvo las maderas y le tendía las herramientas y los clavos mientras construyó el establo, en el lado oeste de la casa, contra la pequeña colina. Allí permanecería protegido de los vientos del frío invierno.

Los días eran cálidos. Al ponerse el sol llegaban mosquitos de la Gran Ciénaga y cantaban su penetrante e intensa canción durante toda la noche borboneando alrededor de Ellen, picándole y chupándole la sangre hasta que ella giraba y giraba en la cuerda que la sujetaba a la estaca. Entraban en el establo y atacaban a los caballos hasta que se revolvían en sus cabestros y piafaban. Se introducían en la cabaña y les picaban a todos, levantándoles grandes ronchas en rostros y manos.

Sus zumbidos y las picadas que producían constituían un tormento nocturno.

—Esto no puede seguir así —dijo Papá—. Tenemos que poner mosquiteras en ventanas y puerta.

—Es por causa de la Gran Ciénaga —se lamentó Mamá—. Los

mosquitos proceden de allí. Ojalá estuviésemos más lejos de ella.

Pero a Papá le gustaba la Gran Ciénaga.

—Allá hay acres y acres de heno que nadie corta —le dijo a Mamá—. Nadie tomará jamás una hacienda en la Gran Ciénaga. Sólo hay heno de terreno alto en nuestra parcela, pero estando tan próxima la Gran Ciénaga, siempre podemos buscar allí todo el que necesitemos.

»Además, el césped de la inmensa pradera también está lleno de mosquitos. Iré hoy a la ciudad y compraré una red fina para hacer mosquiteras.

Papá trajo yardas de red de color rosa para mosquiteras y tiras de madera para hacer una estructura para la puerta a modo de pantalla.

Mientras la preparaba, Mamá clavó la red de mosquitera en las ventanas. Luego la clavó también en la estructura de la puerta y Papá la colocó en su sitio.

Aquella noche preparó una fumigación con hierbas húmedas y muertas de modo que el humo se remontara sobre la puerta del establo. Los mosquitos no atravesaron aquella barrera.

Papá hizo otra fumigación para que Ellen pudiera permanecer en su sitio y ella acudió al punto y se quedó allí.

También se aseguró de que no quedaban hierbas secas bajo las hogueras y las dispuso de modo que durasen toda la noche.

—¡Por fin! —exclamó—. Creo que esto acabará con los mosquitos.

Capítulo Treinta y Dos

CAEN LAS SOMBRAS DE LA NOCHE

Sam y David permanecían tranquilos descansando en el establo con la pantalla de humo ante la puerta.

Ellen, atada a la cuerda que la sujetaba a la estaca, yacía cómodamente entre el humo de la fumigación sin que los mosquitos la alcanzaran.

Dentro de la cabaña no se veía ningún elemento de la zumbante plaga. No podían atravesar la mosquitera que cubría puerta y ventanas.

—Ahora sí que estamos cómodos —dijo Papá—, instalados por fin en nuestra hacienda. Tráeme el violín, Laura, y disfrutaremos de un poco de música.

Grace estaba recogida en su lecho con Carrie a su lado.

Mamá y Mary se mecían en sus sillas entre las sombras. Pero la luz de la luna atravesaba la ventana de la parte sur e iluminaba el rostro de Papá, sus manos y el violín mientras el arco se deslizaba suavemente sobre las cuerdas.

Laura estaba sentada junto a Mary y la observaba pensando cómo debía brillar la luna en el fantástico círculo donde crecían las violetas. Era una noche apropiada para que los duendes bailasen allí.

Papá cantaba acompañado del violín:

En la ciudad de Scarlet donde yo nací

residía una encantadora doncella
y todos los jóvenes gritaban «¡Bien por ella!»
Se llamaba Barbary Allen.

Durante todo el alegre mes de mayo,
cuando brotaban los verdes capullos,
el joven Johnnie Grove yacía en su lecho de muerte
por el amor de Barbary Allen.

Laura echó la cortina al tiempo que Mary y ella se reunían con Carrie y Grace en su pequeño dormitorio.

Y mientras dormía y seguía pensando en las violetas y los círculos encantados y en la luz de la luna sobre el extenso terreno donde se encontraba la hacienda, Papá con su violín seguía cantando quedamente:

¡Hogar, hogar! ¡Dulce, dulce hogar!
Sé siempre tan humilde,
no hay otro lugar como el hogar.

ÍNDICE